海外小説の誘惑

供述によるとペレイラは……

アントニオ・タブッキ
須賀敦子＝訳

Antonio Tabucchi

Sostiene Pereira

海外小説の誘惑

供述によるとペレイラは……

アントニオ・タブッキ

須賀敦子＝訳

白水uブックス

1

供述によると、ペレイラがはじめて彼に会ったのは、ある夏の日だったという。陽ざしは強いが風のあるすばらしい日で、リスボンはきらきらしていた。ペレイラは編集室にいて、さしあたり仕事はなかった、という。編集部長は休暇中で、彼は文芸面の構成をどうしようかと考えていた。『リシュボア』紙にもいよいよ文芸面ができることになって、彼がその担当になった。そのとき、彼、ペレイラは、死について考えていたという。あのすばらしい夏の日、大西洋から吹いてくるさわやかな風が樹々のこずえをやさしく愛撫し、太陽がかがやき、街ぜんたいがまぶしくひかり、じっさい編集室の窓の下でまぶしくひかっていて、その青さ、それは見たことのない青さだったとペレイラは供述しているのだが、ほとんど目が痛いほどの透明な青さのなかで、彼は死について考えていた。どうしてか。ペレイラにはそれが説明できない。彼がまだ小さかったころ、父親が〈悲しみの聖母・ペレイラ〉という屋号の葬儀店をやっていたからだろうか、数年まえ妻が肺病で死んだからか、彼自身が肥満体で、心臓病と高血圧をわずらっていて、この調子だと余命はあまりないよと医者にいわれていたからか、いずれにせよ、ペレイラは死について考えたという。そのとき、手もとにあった雑誌のページを繰ったのは、ぐうぜん、まったくのぐうぜんなのだった。文芸誌といっても、そこには、哲学についての記事も載っていた。急進的な雑誌というのかもしれないな、よくわからないまま、ペレイラはそう思った。それでいて、カトリックの連中もたくさん寄稿している。供述によるとペレイラはカトリックだった、いや、すくなくともそのころはじぶんのことをカトリックだと信じていた。ただひとつ、世の終りに肉体が復活するという教義だけは信じられなかったが、それを除けば、じぶんはりっぱなカトリック教徒だという気さえしていた。たましいの存在も彼は信じていた。うん、人間にたましいがあるのは確実だ。だが、肉体はどうだろう。彼のたましいの周囲にひしめきあっている肉体は、どうなるのだろう。ああ、これはだめだ、ペレイラは思った。人間は世の終りに復活したりはしない。え、どうしてかって？　ペレイラには説明できなかった。彼の日常についてまわっているこの脂肪のかたまり、汗、階段を上がるときの息切れ、あんなものがどうして、よみがえらなければならないのだ。あれはいやだ、来世にまで、永遠になんて、ぜったいについていてほしくない。そんなわけで、彼はその雑誌のページをごく行きあたりばったりに繰りはじめた。というのも、退屈していたからだ、と彼は供述している。そのとき、こんな記事が目にとまった。「つぎに掲げるのは、リスボン大学に提出された学位論文の一部である。筆者は、哲学科を優等で卒業したフランセスコ・モンテイロ・ロッシ、ここに掲載するのは卒業論文の一部である。同君は将来、本誌の編集にたずさわる予定」。

供述によると、ペレイラは、題もついていないその記事をなに気なく読みはじめたのだったが、無意識のままもういちど読みなおし、一部を書き写した。どうしてそんなことをしたのか。それについて、ペレイラはちゃんとした返事ができない。たぶん、カトリック急進派のその雑誌がなんとなくいやだったからではなかったか。あの日、彼は、急進派にもカトリックの教義にもうんざりしていたのかもしれない。とはいっても、彼はしんそこカトリックなのだったが、もしかしたら、リスボンを被《おお》っていた、あのきらきらする夏の日、彼にずっしりとのしかかっていた贅肉ぜんたいで、肉体の復活の教義を憎悪していたからかもしれない。理由はよくはわからないまま、彼はその記事を書き写しはじめた。写しさえすれば、そのあとは雑誌を屑籠に棄てられると思ったからかもしれない。

供述によると、彼が書き写したのは記事ぜんぶではなく、数行だけだったという。つぎに引用するとおり、現に証拠として提出することができるものだ。「われわれの存在の意味をなによりも深く、また総体的に特徴づけているのは、生と死の関係である。というのも、死が介在することによってわれわれの存在に限界がもうけられている事実が、生の価値を理解するには決定的と考えられるからだ」読みおわると、彼は電話帳をとりあげ、こんなことを考えた。ロッシか、なんて変った名字だ、ロッシなんて、ひとりしか電話帳に載っていないにちがいない。そう考えながら、その番号はいまもはっきり憶えているが、番号をまわすと返事がきこえた、と彼は供述している。もしもし、とペレイラはいった。こちらは『リシュボア』新聞のものですが。すると向こうの声がいった。え？ ペレイラはそのとき、こう答えたといっている。あ、『リシュボア』といって、リスボンの新聞の名です。

二、三か月まえに発刊されたばかりですが、ごらんになったことがおありかどうか。私どもは政治色ぬきで無党派の新聞です。ただ、たましいは信じています。いや、どちらかというと、カトリックなんですが、モンテイロ・ロッシさんとお話しできるでしょうか。ペレイラの供述によると、一瞬、受話器のむこう側に沈黙が流れた。だが、ほどなく声がいった。ぼくがモンテイロ・ロッシですが、たましいのことなど、考えてるわけではありません。こんどはペレイラが数秒間、だまった。というのも、これほど死について深く思索した文章に署名した人間が、たましいについて考えないなど、思いもよらなかったからだ、という。そこでこれはどこかで思い違いしたのかもしれないと考え、それで、ふだんからあたまにひっかかっていた肉体の復活に考えが飛んだ。だからこういった。私はモンテイロ・ロッシという方が書かれた死についての文章を読んだのですが。私、すなわちペレイラ個人は、肉体の復活を信じてはいません。もし、たましいのことなど考えていないと、そういう意味でモンテイロ・ロッシさんがおっしゃるのでしたら。つまり、ペレイラは言葉につまったので、彼はそのことに腹が立ったのだ、といっている。供述によると、彼がいらいらしたのは、まずじぶんに腹が立ったのだが、それは未知の人間にわざわざ電話をかけて、たましいやら肉体の復活などという、ひどくデリケートで個人の内面にかかわる話をしているじぶんに愛想がつきたからだった。ペレイラは後悔して、その場ですぐに電話を切りたくなったのだが、どうした理由によるものだったか、話をつづける勇気が出て、こんなことをいってしまった。私はペレイラという名で、ええ、ペレイラです、『リシュボア』新聞の文芸面を担当しているものです。現在、『リシュボア』は夕刊だけですが、というのも、現在はたしかに首都の他の日刊紙とは競争もおぼつかない程度の新聞ですが、そのうちもっと大きくなるはずです。それに、現在、『リシュボア』新聞はおもにゴシップ記事にたよっているのを、こんど文芸面をつくることになって、土曜日だけですが。まだ編集室に人間がそろっていないものだから、それで人を探しているんです。コラムを定期的に担当してくれる契約社員をね。

ペレイラの供述によると、モンテイロ・ロッシ氏はあわてた様子ですぐにこう返事した、という。今日中に編集室にうかがいます。仕事を探しているんです、とも彼はいった。どんな仕事だっていいんです。ええ、大学はもう卒業したので、仕事がなくては生活できないものですから。ペレイラはとっさに用心ぶかくなって、いった。編集室はまずい、まだここへは来ないほうがいい、外で、街で会いましょう。どこかで待ち合わせてはどうだろう。そんなふうにいったのは、と彼は理由を供述している。ロドリゴ・ダ・フォンセカ街の、扇風機が喘息病みのように轟音をたててまわっていて、人が玄関を通るたびに疑い深そうにじろじろ見る、料理といったら年がら年中、揚げ物ばかりつくっている、性悪な女管理人のせいで、いつも油の臭いがあたりにただよう、このうえなくわびしい編集室に、知りもしない人間を招待するのは気に染まなかったからだ、と。そのうえ、知りもしない相手に、『リシュボア』新聞の文芸面編集室とは名ばかりで、その中身といえばこの物置まがいの部屋で暑気と居心地わるさで汗まみれになっている彼ひとりだと知られるのは、いかにもまずかった。街で会いましょうというと、モンテイロ・ロッシはこたえた。今晩、アレグリア広場というのはどうでしょう。歌をうたったりギターを弾いたり、ダンスもできる庶民的な店があるんです。ぼくにナポリ民謡を歌わせてくれるっていうんで、ええ、ぼくは半分イタリア人なものですから。ナポリ弁は知らないのですけれど、いずれにしても、その店のオーナーがぼくのためにテーブルを戸外にひとつ、とってくれているんです。ぼくのテーブルには、モンテイロ・ロッシって書いたカードが置いてあるはずです。あそこでお会いしてはどうでしょう。ペレイラは、承諾した、と供述している。受話器を置いて、汗をふくと、すばらしい考えが浮かんだ。それは文芸面に「きょうのこの日」という、みじかいコラムをつくろうというものだったが、すぐにつぎの土曜日に出せると思ったものだから、ほとんど意識しないで、たぶん、イタリアのことを考えていたからかもしれないのだが、こんな見出しを書いてみた。「二年まえのこの日、ルイジ・ピランデッロは死の床にあった」。それからその下に副題をつけた。「大劇作家の『たぶん夢ではなかった』の初演はリスボン」。

この話は、一九三八年の七月二十五日のことで、大西洋から吹いてくる微風に青く染まったリスボンは、きらきらしていたとペレイラは供述している。

2

その午後、とつぜん天候が変った、とペレイラは供述している。大西洋から吹いてくる微風がぱったりやんで、厚い雲の層が海を渡ってくると、不吉な熱気の屍布が街をすっぽりと被った。仕事場を出るとき、ペレイラはドアの内側にかけてあった温度計を見た。彼が自前で買ったものだ。三十八度だった。ペレイラは扇風機をとめ、階段の降り口で出会った管理人の女に、さようなら、ペレイラさん、と声をかけられ、来たときとおなじように玄関先にただよう揚げ物の臭いをくぐって、そとに出た。建物を出たところにある公営市場のまえに、共和国国家警察のバスが二台、とまっていた。ペレイラは、ずっと市場に商品を入れていた社会主義者の馭者が、アレンテージョ地方で警察に虐殺され、そのために市場の連中が動揺しているのを知っていた。国家警察が市場の正面入口を警備していたのはそのためだった。だが『リシュボア』新聞は、というより彼の上長は、そのニュースを掲載する勇気がなかった。というのも編集部長は涼しいブサコの温泉地で休暇をたのしんでいたからで、この種の、すなわち、アレンテージョで社会主義者の馭者が馬車に乗っていたところを惨殺され、積んでいたメロンが血しぶきを浴びたというようなニュースを新聞に載せる勇気がだれにあったというのか。もちろん、だれもいないのだ。いまや国を挙げて人々は口をつぐんでいたうえ、口をとざすほかに手はなく、いっぽうでは人が死んだというのに、他方では、警察がわがもの顔でのさばっていた。ペレイラは汗びっしょりだった。それというのも、もういちど、死について考えはじめたからだ。この街は死臭にみちている、彼は思った。ヨーロッパぜんたいが、死臭にみちている。

すぐ近くのユダヤ人の肉屋のとなりにあるカフェ・オルキデアに行くと、彼は席についた。耐えられないそとの暑さにくらべると、カフェにはすくなくとも扇風機があった。レモネードを注文しておいてから、ペレイラは洗面所に行って手をすすぎ、顔をあらった。葉巻をもってこさせ、夕刊をたのむと、給仕のマヌエルがもってきたのは、なんと『リシュボア』だった。その日、彼はまだゲラに目を通していなかったので、まるで見たことのない新聞のように、ページをめくりはじめた。第一面には「世界一の豪華クルーザー、本日ニューヨークを出港」とあった。ペレイラはながいことその見出しを眺めてから、写真に目をうつした。カンカン帽をかぶったワイシャツ姿の男たちが、群れになってシャンパンを抜いているのが写っていた。ペレイラは汗びっしょりになって、もういちど、肉体の復活について考えはじめた、と供述している。弱ったな、彼は考えた。もしも復活するようなことになったら、ぼくはこのカンカン帽の連中と同席することになるのだろうか。彼は、永遠のなかにある名も知れない港で、くだんの船の連中といっしょになっているじぶんを、ちょっと本気で想像した。

すると永遠が、ぼってりとしたむし暑さがうっとうしいカーテンのようにかかった耐えられない場所に思えて、そんな場所で、英語をしゃべりながら、オウ、オウ、なんていっては乾杯などしている連中といっしょに、じぶんがいる。ペレイラは、レモネードをもうひとつ、たのんだ。いったん家に戻って、水を浴びてさっぱりしたほうがいいかな。彼は考えた。それとも、友人で、メルセス教会で小教区の主任司祭をやっているアントニオ神父に会いに行ったほうがいいかな。アントニオ神父のところで彼が告解したのは、数年まえ、彼の妻が死んだときだったが、月に一度は神父に会いに行くことにしていた。その日は、ドン・アントニオのところに行くほうがよさそうだった。きっと気が晴れるだろう。

ペレイラはカフェを出ることにした。供述によると、そのとき、彼は代金を払うのを忘れたという。気もそぞろに席を立つと、いや単にうっかりしただけの話なのだが、そとに出てしまってから、テーブルに新聞と帽子を忘れたのに気がついた。この暑さだから、かぶらないほうがましかもしれないと彼は判断したが、じつをいうと、生まれつきあちこちでものを忘れていくのが、彼のくせだったにすぎない。

アントニオ神父はひどく疲れた様子だったと、ペレイラはいう。目の下に黒い輪ができていて、その隈が頬にまでひろがっていたから、まるで徹夜したみたいに、消耗しきった様子だった。ペレイラが、いったいどうされたのですかとたずねると、アントニオ神父はいった。なんだ、きみはまだ知らないのか。アレンテージョ出身の男が馬車のうえで虐殺されたんだぞ。街でも地方でも、ストライキが始まっている。それにしても、新聞社にいるくせして、きみはいったいどこの世界に生きてるんだ。いいか、ペレイラ、しっかり情報をあつめるんだ。

供述によると、このみじかいやりとりだけで、神父がそそくさと行ってしまったことに、ペレイラはすこし動揺して教会を出た、という。いったい、きみはどこの世界に生きてるんだなんて。彼は自問した。そのとき、奇妙な考えがあたまに浮かんだ。もしかしたら、ぼくは生きていないのかもしれないぞ。ひょっとすると、ぼくは死んだも同然ではないのか。妻が死んでからというもの、ぼくはまるで死んだみたいに生きてきた、というのか、死とか、じぶんが信じてもいない肉体の復活とか、そんな埒《らち》もないことばかり考えてきた。じぶんのしてきたことといえば、生きて存在しているだけのことで、もしかしたら、生きるふりをしてきたにすぎないのではないか。ペレイラはそこまで考えると、へとへとになった、という。いちばん近い路面電車の停留所までどうにかたどりつくと、電車でパソ広場まで行った。その間も窓のそとを、彼のいとしいリスボンがゆっくりと過ぎてゆくのを眺めた。りっぱなビルの立ちならぶリベルダーデ大通りを、つづいてイギリス様式のロッシオ広場を目におさめてから、パソ広場で降りると、サン・ジョルジ城の坂上まで行く電車に乗りかえた。大聖堂まえで降りたのは、彼の家がそこから近いサウダージ街にあったからだ。あとは、息をはずませて家までの急な坂を登った。大扉の鍵を探すのが面倒だったので、玄関番室のベルを鳴らすと、彼のために家事もてつだってくれていた玄関番が開けにきた。ペレイラさん、彼女がいった。お夕食は仔牛の骨つきロースにしておきましたよ。ペレイラはありがとうというと、ゆっくり階段を上がり、いつものとおり靴ふきの下に隠してあったドアの鍵をとって、家に入った。玄関の間《ま》の、妻の写真を飾ってある本棚のまえでちょっと立ちどまった。エスコリアル宮殿を背景にしたその写真は、一九二七年、マドリッドに旅行したときに彼が撮ったのだった。おそくなって、ごめん。ペレイラは写真にむかっていった。

供述によると、ペレイラはいつのころからか妻の写真に話しかけるようになっていた、という。その日にしたことを話したり、心配事をうちあけて、相談にのってもらったりというふうに。じぶんがどんな生き方をしているかなんて、ぼくにはわからないよ、ペレイラは写真に話しかけた。アントニオ神父もおなじことをいっている。問題は、ぼくが死についてばかり、始終、考えてしまうことだ。ぼくにとって、世界ぜんたいが死に絶えたみたいな、さもなければ、いまにも死にそうな、そんな気がするんだ。それからペレイラは、ふたりのあいだに生まれなかった子供のことを考えた。むろん、彼は子供が欲しかったのだが、あの虚弱で病気がちで、眠れない長い夜をサナトリウムですごしていた妻にそれを要求するのは無理だった。彼は残念だった。それは、もし子供がいたら、いっしょに食事をして話ができるような子がいたら、もう思い出すこともできないほど遠いむかしの旅行のときに撮った写真なんぞにむかって話しかけたりしなくてもいいのだった。ああ、でもしかたないんだよ、と彼は写真にいった。こんなものなんだな。これが、妻の写真から離れるときのおきまりのあいさつだった。キッチンに行くと彼はテーブルについて、仔牛の骨つきロースのステーキが入っているフライパンの蓋をとった。もう冷めきっていたけれど、温める気にもならなかった。いつも、玄関番がつくっておいてくれたものを、そのまま、つまり冷えたままで食べる。大いそぎで食事をおえると、彼はバス・ルームに行って、脇の下を洗い、ワイシャツを替えると、黒いネクタイを結んで、スペイン製の香水をちょっとだけふりかけた。これも一九二七年にマドリッドで買ったもので、まだすこし瓶の底に残っていた。それから、アレグリア広場に行くためにグレイのジャケットを着た。もう夜の九時だったからだ、とペレイラは供述している。

3

ペレイラの供述によると、その夜、街はまるで警察に占拠されたみたいだった、という。まったく、どこもかも巡査だらけだった。パソ広場までタクシーに乗ったが、アーケードの近くには何台もバンがとまっていて、そこにもカービン銃をもった警官がいた。デモや広場の集会を恐れてのことだろう、そのために戦略上重要な街角はすべて彼らが制圧していた。心臓を診《み》てくれた医者に運動をすすめられていたので、ほんとうはそこから歩いて行きたかったのだが、あの縁起でもない兵士たちのまえを通る気分にはならなかったから、ファンケイロス街から、フィゲイラ広場行きの路面電車に乗り、終点で降りた、と彼はいっている。するとそこにもまた警察がいた。こんどは仕方がないから隊列のまえを通ったが、なにやら気分が落ち着かなかった。そばを通ったとき、士官らしい男が兵士たちにこういうのがきこえた。よいか、よくきけ、危険分子はたえずこちらの隙をねらっているのであるから、よく目を開けているように。

ペレイラは、まるでその忠告がじぶんに向けられたかのように周囲を見まわしたが、べつに目を開けておく必要もなさそうだった。リベルダーデ大通りはひっそりしていて、アイスクリームの屋台も店を出していたし、そのまえのテーブルでは数人が涼をとっていた。道路のまんなかの歩道をゆっくり歩いて行くと、音楽がきこえはじめた、という。それはあまいメランコリックなコインブラ・ギターの音楽で、音楽と警察という組みあわせが、彼にはなんとも奇妙に思えた。音楽はアルジェリア広場からきこえてくるように思えたから、そして事実そうだったから、音は近づくにつれて大きくなった。

戒厳令が敷かれた街の広場とはとてもみえなかった、とペレイラはいう。あたりに警官のすがたはなかったし、それどころか、その辺にいたのは、ベンチでいねむりをしている、彼にはよっぱらいとしか思えない夜警がひとりだけだった。広場は色紙の輪をつないだくさりと、窓から窓へ渡した針金にぶらさげた、黄色と緑の小さな色電球で飾られていた。屋外にもいくつかテーブルが出ていて、何組かのカップルが踊っていた。そのつぎ目にとまったのは、広場の木と木のあいだに渡した大きな横断幕で、そこには大きな字で、フランシスコ・フランコ、ばんざい。そしてその下には、より小さい字で、スペイン出征のポルトガル軍、ばんざい、と書いてあった。

供述によると、ペレイラは、そのときはじめて、それがサラザール派の祭典であって、警官が囲む必要がないのはそのためだとわかった。つぎに彼は、そこにいる連中の多くが緑のシャツを着ていて、緑のハンカチを首にまいていることに気づいた。ぎょっとして立ちどまり、さまざまなことがあたまのなかを駆けぬけた。もしかしたら、モンテイロ・ロッシはこいつらの一味かもしれない。彼はそう思い、それから運搬中のメロンを血で染めた、アレンテージョの荷馬車の馭者のことを考え、じぶんがここにいるのをアントニオ神父が見たらどういうだろうかと考えた。これらすべてのことを考えながら、彼は夜警がいねむりしているベンチにこしかけ、あてどない思いに身をゆだねた。というのか、聴くともなく音楽に耳をかたむけていた。じつはこれらすべてにもかかわらず、彼は音楽がすきだったからだ。老人がふたり、ひとりはヴィオラ、もうひとりがギターで、彼が青春をすごした胸がふるえるようなコインブラの曲を、彼がまだ大学生で、人生がきらきらとひかりかがやく未来にみえたころに聴いた音楽を奏でていた。あのころ、彼も、学生のパーティーなどでヴィオラを弾いたし、やせていて身軽で、女の子を夢中にさせたものだ。すてきな女の子たちがぞろぞろいて、みんなが彼にうつつをぬかした。それなのに、彼が愛したのは、蒼い顔をした、よわよわしい、詩を書く、ときどき頭痛がするような少女だった。それから、彼はじぶんの人生について、さまざまなことを考えたのだが、それについては触れたくないという。というのも、彼にしてみればそれは個人的なことで、あの夜のこと、はからずも行ってしまったあの祭りの件とは、まったく関係のないことだからという。供述によると、そのとき、テーブルのひとつから背の高いすらりとした白いワイシャツ姿の青年が立ちあがって、ふたりの老音楽師のところに行くのがペレイラに見えた。そして、どういうわけだったか、ペレイラは一瞬、胸を突かれた気がした、という。もしかしたら、その青年が若いときのじぶんに思えたのではなかったか。コインブラにいた、若いころのじぶんに会ったような気がしたのかもしれない。青年は、どことなく彼に似ていた。顔だちが似ていたというのではなくて、身のこなしが、そしてひたいにかかった髪のぐあいがそっくりだった。ちょうどそのとき、青年が声をはりあげて、イタリア語で〈オオ・ソーレ・ミオ〉をうたいはじめた。ペレイラには言葉の意味は理解できなかったが、それは生命のいきおいが迸《ほとばし》るような歌で、きれいで、透明だった。とはいっても、彼がわかったのは「オオ・ソーレ・ミオ」おお、ぼくの太陽、という箇所だけで、ほかはなにもわからなかった。ペレイラがそう考えていたあいだも、青年はうたいつづけ、太西洋からの微風がしずかに吹く涼しい夜だったから、なにもかもが、すなわち、それについては彼が話したがらない過去も、リスボンも、色電球のうえにひろがっていた空のまるいドームまでが彼にはすばらしく思えて、郷愁におそわれた。どういったことへの郷愁であるかについては、これも、ペレイラは説明を拒んでいるのだが。いずれにせよ、歌をうたっていたその青年が、午後、彼が電話で話した人物だということがわかったので、歌がおわるのを待って、ペレイラはベンチから立ちあがった。それは、遠慮する気持に好奇心が勝ったからで、彼はテーブルに近づくと、青年に声をかけた。モンテイロ・ロッシさんですね。モンテイロ・ロッシはすぐに立ちあがろうとしたのだが、テーブルにぶつかって、まえにあったビールのジョッキが倒れ、きれいな白ズボンがびしょぬれになった。ごめん、ペレイラはあわててあやまった。ぼくがぼんやりしていたものだから、と青年がこたえた。よくこういうことをやるんです。『リシュボア』新聞のペレイラさんですね、どうぞ、おかけになってください。そういって彼は手をさしのべた。テーブルについたとき、ペレイラはどぎまぎしたという。そして、こころのなかで、これはぼくに似合う場所じゃない、こんな国粋主義者たちの祭りで、知りもしない人間に会うなんて、ばかげている、こんな行動をアントニオ神父はゆるしてくれないだろう、と思った。そして、家で妻の写真に話しかけ、あやまっているじぶんを思いうかべ、一刻もはやく家に帰りたくなった。だがそんなことを思っているうちに勇気がわいて、ただ、話してみるだけでいいと考えるようになり、ざっくばらんに質問してみることにした。そこでペレイラは、モンテイロ・ロッシにこうたずねたという。これはサラザール派青年会のお祭りですね、きみも、サラザール派青年会員なんですか。

モンテイロ・ロッシは、ひたいにかかった髪をかきあげると、こたえた。ぼくは、哲学で卒論を書きました。ぼくに興味のあるのは、哲学と文学です。でも、こんなこと『リシュボア』新聞となにか関係があるのでしょうか。ありますとも、とペレイラは即座にこたえたという。私たちの新聞は、自由な立場でノンポリですから、政治にはかかわりたくないんです。

やがて、ふたりの老人が音楽をはじめ、憂愁にみちた絃からフランコ主義の歌がひびいてきた。その時点で、ペレイラは、気に染まぬまま、じぶんが深入りしてしまったことに気づき、よし、それならそれで、きちんとふるまうべきだと考えた。そして奇妙なことに、だいじょうぶ、これならぼくの手におえる、と思ったという。なんていったって、ぼくは『リシュボア』新聞のペレイラだ、ぼくのまえにいる青年は、だから、ぼくのいうことならなんでも、ききいれるにちがいない、と。そこで彼はこういった。きみが書いた死についての文章を読みましたよ。おもしろかったな。卒論のテーマが死だったんです、モンテイロ・ロッシがこたえた。でも、ほんとうをいうと、ぜんぶ、じぶんで考えたわけじゃありません。あの雑誌に出た文章のある部分は、じつは、フォイエルバッハをそのまま写したんです。それから、フランスの唯心論者が書いたものを写した部分もあります。でも、ぼくの教授は気づきませんでした。おわかりでしょう、大学教授って、案外なにも知らないんです。供述によると、ペレイラはその夜、最初からいおうと思っていた質問をしようかしまいか、ちょっと迷ったが、けっきょくはたずねてみることにして、そのまえに緑のシャツを着て注文をとりにきた若い給仕に、飲物をたのんだ。ごめん、彼はモンテイロ・ロッシにあやまった。ぼくはアルコールはやらない、飲むのはレモネードだけなんだ、レモネードをひとつ。まもなく給仕が持ってきたレモネードをひと口ずつ飲みながら、ペレイラは低い声でたずねた。まるで、だれかにきかれて、ききとがめられるのを怖がっているみたいに。や、すまないな、こんなことを訊いて。ええっと、ぼくのたずねたかったのは、うん、きみは死に興味があるのかしら。

モンテイロ・ロッシがにやっと笑ったとき、ペレイラは一瞬どきりとした、という。そんなこと、ペレイラさん、モンテイロ・ロッシが大声でいった。ぼくは生きることに興味があるんです。それから、声を小さくしてつづけた。ねえ、ペレイラさん、死なんて、ぼくはもうたくさんです。母親が二年まえに死にました。ポルトガル人で小学校の教師でしたが、あっという間でした。脳の動脈瘤破裂で。むずかしい病名ですけれど、いうなれば脳の血管がいきなり、ね、ばって破裂したんです。父親は去年、死にました。イタリア人で、リスボン港のドックの船舶技師として働いていたんです。なにほどかは残してくれたんですが、そのなにほどかも、もう使いきってしまいました。まだ祖母がいて、イタリアで暮らしていますが、十二歳のときに会ったきりですし、ぼくはイタリアには行きたくないんです。あちらは、ここより状況がひどいみたいですし。死なんて、たくさんです、ペレイラさん、ごめんなさい、あまりはっきりものをいってしまって。でも、どうしてこんな質問をされたのですか。

ペレイラはレモネードをひと口飲み、手の甲で口をぬぐってから、いった。いや、理由はかんたんだ。えらい作家が死ぬと、そのたびに新聞は故人の業績をたたえる記事や追悼文を載せなければならない。業績をたどり、これをたたえる記事というのは、すぐに書けるものじゃない。まえもって準備しておくんだよ。そこで、ぼくは、今世紀の大作家といわれる人たちについての記事を、まえもって書いてくれる人間をさがしている。たとえば、あした、モーリアックが死んだら、ぼくはどうすればいいのだ、わかってくれるね。

ペレイラの供述によると、モンテイロ・ロッシは、そのあと、もう一杯、ビールを注文した、という。テーブルに来てからすでに三杯は飲んでいたから、青年は、少々、できあがっていて、いや、すくなくとも、かなり元気がよくなっていた。ひたいにかかった髪を手で搔きあげながら、モンテイロ・ロッシがいった。ペレイラさん、ぼくはいくつか外国語も話せますし、今世紀の作家は読んでいます。ぼくは、生きることがすきだけど、もし、死について書けっておっしゃるなら、今晩、ナポリのカンツォーネをうたって金をもらったように、それでお金がいただけるのなら、その仕事をさせてください。ぼくは、あさってまでにガルシア・ロルカの業績をたたえる原稿を書きましょう。ガルシア・ロルカのことを、ペレイラさん、どう思われますか。ペソアがポルトガルのモダニズムをはじめたように、スペインの前衛をつくったのは、あの人です。それに、あの人はオールマイティーの芸術家でした。詩だけじゃなくて、作曲もしたし、絵も描いたし。

ガルシア・ロルカはかならずしもぴったりな人物とは思えないけれど、とペレイラはこたえた、といっている。いちおう試してごらん、芸術家としての人物像だけにしぼって、厄介な彼の側面には触れなければ、だいじょうぶかもしれない。なにせご時勢がこうだからね。すると、これ以上の自然さはないほどの自然さで、モンテイロ・ロッシがいった。あのう、すみません、こんなことをいって。ぼく、ガルシア・ロルカの業績をたたえる記事はもちろん書きますが、前払いにしていただけないでしょうか。あたらしいズボンを買わなきゃならないんです。いまはいているのは、シミだらけで。あした、ぼくは女の子といっしょに外出しなければならないもので。ええ、もうすぐここに会いにくるんですが、大学で知り合った子で、ぼくの同志です。気持のいい子だから、映画に連れていきたいんです。

4

ペレイラの供述によると、やってきた女の子は、麻糸で編んだ帽子をかぶっていた。すてきな美人で、色が白く、目は緑色、よいかたちの腕をしていた。背中で吊り紐がたすきがけになったスカートをはいていて、それがやさしい感じの、でもしっかりした肩の線を浮きあがらせていた。マルタです、とモンテイロ・ロッシが紹介した。マルタ、こちらは『リシュボア』新聞のペレイラさん。今晩から、ぼくも仕事をもらうことになったよ。ぼくは新聞記者になった。そう、仕事が見つかったんだ。すると、彼女がいった。はじめまして、私、マルタです。それから、彼女はモンテイロ・ロッシのほうを向いて、いった。あたし、どうしてこんなお祭りに来ちゃったのか、わからないわ。でも、来てしまったからには、踊ってくれるんでしょうね、とんまちゃん。音楽もいいし、ほんとうにすばらしい夜ですもの。

供述によると、ペレイラはひとりテーブルに残った、という。そして、もうひとつレモネードを注文すると、ほっぺたをぴったりつけて踊っているふたりの若者を眺めながら、ひと口、またひと口、飲んだ。そのとき、もういちど、じぶんの過去の人生をふりかえり、生まれなかった子供たちのことを考えた、という。だが、その詳細について、それ以上、明かすことはない、とペレイラはいっている。踊りおわると、ふたりはペレイラのいるテーブルに来て腰をおろし、マルタが、まるでなんでもないふうに、いった。きょう、私、『リシュボア』新聞を買ったわ。残念だけど、警察が虐殺したアレンテージョの男のことは出てなくて、アメリカの汽船の記事とかが載ってたわ。おもしろくもなんともない記事だった。ペレイラは、これといった理由もなく責任を感じて、こんな返事をした。いま、編集部長が休暇をとって、鉱泉場に行っているんです。ぼくの仕事は文芸面だけだから。そう、来週から、『リシュボア』新聞に文芸面ができて、ぼくが編集長です。

マルタは帽子をとると、テーブルのうえに置いた。帽子の下から、栗色に、光の具合によっては赤毛にもとれる、滝のような髪があらわれた。そうペレイラは供述している。二十六、七歳だろうか、友人のモンテイロ・ロッシより、いくつか年長にみえた。それで、と彼はたずねた。なにか仕事をしてるんですか？　貿易会社に商業文を書きに行ってます。マルタがこたえた。仕事は午前中だけですから、午後は本を読んだり、散歩したり、たまには、モンテイロ・ロッシと会ったり。青年のことを名で呼ばず、まるで仕事仲間みたいにモンテイロ・ロッシと呼びすてにするのが、ひっかかった、とペレイラは供述している。だが、それ以上は深くたずねずに、話題を変えてなにか話さなければいけない気がしたから、こういった。あなたのことをサラザール派の青年会員だと思ってました。あなたは？　とマルタがたずねた。やあ、ぼくが青年だったのは、とペレイラはこたえた、もうずいぶんまえのことです。政治にはあまり関心がないけれど、狂信的な人たちはいやですね、世の中はなにやらファナティックな連中が多いみたいで。すると、マルタがいった。でも、狂信的というのと、信仰をもっているのとは、区別しなければ。理想をもつこと、たとえば、人はみな自由で平等で、兄弟で、ごめんなさい、私ったら、フランス革命のスローガンを暗誦しているだけなんだわ、あなたは革命を信じていらっしゃるの？　理論的には、ね。ペレイラはこたえたが、いってから、理論的といってしまったのを悔んだ、ほんとうにいいたかったのは、実質的には、ということばだったのだから。でも、じぶんはほんとうに思っていることをいったのだ。そう考えていると、ふたりの老人がビオラとギターをとりあげ、ヘ調のワルツを弾きはじめ、マルタがいった。ペレイラさん、よろしかったら、このワルツ、いっしょに踊ってくださいません？　供述によると、ペレイラは立ちあがり、腕を貸すと、ダンス・フロアまで彼女をエスコートした。そして、ワルツを何曲か、ほとんどうっとりとして踊った。脂肪のついた彼の腹が、いや彼の肉体すべてが、魔法で一瞬のうちに溶け去った気がした。踊りながら、彼はアレグリア広場の色電球のうえの空を見ていて、じぶんがちっちゃくなって、宇宙に溶けこみそうな気分になった。肥満した、ひたいの禿げあがった男が、若い娘と、宇宙の一点の、どこだっていい広場で踊っている、彼は考えた。そのあいだも、星たちは空をめぐり、宇宙は運動をつづけている、そして、もしかしたら、だれかが、無限の天文台からぼくたちを見ている。ふたりがもとのテーブルに戻ると、ペレイラは考えた、という。どうして、ぼくには子供が生まれなかったのだろう。彼は、もう一杯レモネードを注文しながら、このひどい暑さできょうは腹の具合がおかしかったから、からだにいいんだ、とじぶんにいいきかせた。いっぽう、マルタは、まるでくつろぎきったみたいに、しゃべりつづけていて、こんなことをいった。モンテイロ・ロッシが、あなたの新聞の企画のことを話してくれました。いい思いつきみたいですわ。もうそろそろあの世に行ってもらってもいいような作家なんて山ほどいるんですもの、たとえば、ダンヌンツィオなんてえらそうに自称しているけれどもじつは本名ラパニェッタとか、あの坊主ずきのクローデルなんかもね。彼なんか、もうたくさんって感じですよね、そう思いません？　たしかに、あなたのところの新聞はカトリック系みたいですから、クローデルについてなら、いろいろ書きたいんでしょうけれど。それから、あのろくでなしのマリネッティ。あれもいやな奴ですねえ。戦争やら鉄砲玉をさんざん礼賛しておいて、こんどはムッソリーニの黒シャツの仲間入りしたりして、あの男もそろそろこの世にさよならしていいんです。ペレイラはうっすらと汗をかきはじめた、という。そして、声をひくめて注意した。おじょうさん、声が大きすぎます、私たちがどういう場所にいるか、あなたはわかっていますか。するとマルタは帽子をとってかぶりながら、こういった。ええ、ええ。こんな場所にいるのはもうがまんできません。なんだかいらいらして。いまに軍隊の行進曲を弾きはじめますよ。あなたはモンテイロ・ロッシといっしょに、もうお帰りなさい。もっともっと話しておくことがあるのでしょう。私は、テージョ河まで行ってきます。新鮮な空気が吸いたくて。では、さようなら、またお会いしましょう。

供述によると、ペレイラはほっとしてレモネードを飲みおわり、もう一杯、と思ったが、迷っていた。というのも、あとどれぐらいモンテイロ・ロッシがここにいるつもりなのか、彼にはわからなかったからだ。もうひとつ、と彼はたずねた、飲物はどうですか。モンテイロ・ロッシは賛成して、いった。今晩はほかに用がないから、文学の話をしたいんです。こんな機会はめったにありません、ぼくは哲学を専攻している人しか知らないので、いつも哲学の話ばかりしているんです。そのとき、ペレイラは、万年文学少年だった叔父さんが口ぐせのようによくいった言葉を思い出したので、それをまねしてみた。哲学は、真理のことしかいわないみたいでいて、じつは空想を述べているのではないだろうか。いっぽう、文学は空想とだけ関わっているようにみえながら、ほんとうは、真理を述べているのじゃないか。モンテイロ・ロッシはちょっと笑ってからいった。ふたつとも、両方の分野をよくいいあらわした、すてきな定義ですね。ペレイラは青年にたずねた。きみは、ベルナノスをどう思いますか。モンテイロ・ロッシは、一瞬、きょとんとしていたが、こうたずねた。あの、カトリック作家のですか。ペレイラがうなずくと、モンテイロ・ロッシが小声でいった。よくきいてください、ペレイラさん、私は、先刻も電話でいいましたがぼくは、死についてなど、ほとんど考えることはありません。カトリシズムについても、おなじです。そう、父親は船舶技師で、実務的な人でしたから、進歩と技術をなによりも信奉していました。そういった傾向の教育をしてくれましたし、イタリア人でしたが、もしかしたら、ぼくたちをイギリスふうにしつけすぎたのかもしれません。実用主義的に現実を見るよう育てられたのです。文学はぼくもすきですけれども、私たちの趣味はかならずしも一致しないようにも思えます。すくなくとも、ある種の作家については。それでも、ぼくはどうしても仕事を見つけねばならないから、あなたがおっしゃるのでしたら、いや、新聞社の上司の命令でしたら、どんな作家の追悼記事だって書きます。供述によると、それを聞いてペレイラは、いささか誇りを傷つけられた、という。こんな青二才に、職業倫理のお説教をされるのは癪にさわったし、なんと高慢ちきな奴だろうとも思った。それで彼も威丈高に話すことに決めて、いった。文学の選択に関するかぎり、ぼくには上司なんていない。文芸面をつくるのはぼくだから、ぼくに興味のある作家をえらぶ。この仕事はきみにまかせるから、すきなように書いてくれればいい。ぼくとしては、じぶんがすきなベルナノスかモーリアックを提案したかったのだけれど、いま、ここではなにも決めたくない。じぶんで決めたらいいだろう。すきなようにしなさい。供述によると、ペレイラは、そのとき、そこまでいってしまってだいじょうぶかな、という気がしないでもなかった。よく知りもしない、そして、卒業論文は盗作したなどとぬけぬけいうようなこの若者の思うままにやらせて、ほんとうに上司の気にさわりはしないか。一瞬だけ、彼は罠にかかった気がして、じぶんで掘った穴に落ちるとは、ばかなまねをするものだ、と思った。だが、さいわいなことに、モンテイロ・ロッシが、ベルナノスのことを話しはじめたので、いったん途切れた会話がつながった。ベルナノスは、と青年はいった。ベルナノスは勇気のある人ですね。じぶんのたましいの奥底のことを、臆さずにしゃべるのですから。たましいという言葉を聞いて、ペレイラはほっとした、という。まるで、上等な香油のおかげで痛みが楽になったみたいだったものだから、彼はうっかりして、少々ばかげた質問をしてしまった。きみは肉体の復活を信じますか。考えたことないです。ペレイラの質問に、モンテイロ・ロッシがこたえた。

ぼくには興味のない問題です。あした、編集室に行きますよ、そして、ベルナノスの追悼文をまえもって書く仕事もさせてください。でも、ほんとうをいうと、ガルシア・ロルカの業績をたたえる文のほうがいいんですけれどね。おいでなさい、とペレイラがいった。編集室は私ひとりですから。私のいるのは、ロドリゴ・ダ・フォンセカ街66番、アレシャンドレ・エルクラーノのすぐ近くで、ユダヤ人の肉屋のすぐ近くです。もし、管理人が階段のところにいても、おどろかないように。あれは、たいへんな女ですから。ペレイラさんと会う約束があるっていいなさい。でもあまり話さないほうがいいですよ、警察のスパイです。

供述によると、ペレイラはどうしてこんなことをいってしまったのか、わからない、という。たぶん、単純に、女管理人が大嫌いだったからだが、まだよく知りもしないこの若者とかりにも共犯者的な関係をもつなど、考えられなかった。それでは正確な動機はなにかというと、ペレイラはわからないと、いっている。

5

翌朝、起きると、チーズ入りオムレツのサンドイッチがキッチンに準備してあったとペレイラは供述している。もう十時だった。いつも掃除に来てくれるピエダーデが八時に来たのだろう。昼、編集室で食べるために、用意してくれたにちがいない。ピエダーデは、ペレイラがチーズ入りのオムレツに目のないこともふくめて、彼の嗜好をちゃんとのみこんでいた。コーヒーを飲み、入浴をすませると、彼は着替えた。上着は着ることにしたが、ネクタイはつけないでポケットに入れた。出かけるまえに、妻の写真のまえに行って、話しかけた。モンテイロ・ロッシっていう青年が見つかった。契約社員で雇うことにしたよ。追悼原稿をまえもって書かせるためだ。頭はなかなかよさそうだけど、すこし気がきかないようだ。もしぼくたちに子供ができていたとすれば、その子ぐらいの年齢だ。おでこに髪の毛がひとふさかかっていて、ぼくにどこか似ている。ぼくも、おでこに髪がかかっていたのを、きみ、覚えてるかい。コインブラにいたころだ。それから、なにか話すことがあるかな。ううん、きょう、そいつがぼくに会いに来る、追悼原稿を持ってくる約束がある。彼には銅みたいに赤い髪のガール・フレンドがいてね。マルタっていう娘だが、少々はねっかえりすぎるし、政治の話をする。まあいいさ、これからどうなるか、待ってみるほかなさそうだ。

　ペレイラはアレシャンドレ・エルクラーノ街で路面電車を降りると、ロドリゴ・ダ・フォンセカ街までの坂をやっとのことで登った。暑い日だったから、大扉のまえに立ったときには、汗ぐっしょりになっていた。入口のホールを通ると、いつものように管理人が声をかけた。ペレイラさん、おはようございます。ペレイラは会釈で彼女にこたえて、階段を上がった。編集室に入るなり、上着をぬぎ、扇風機をつけた。なにから手をつければよいのかわからないのに、もうすぐ正午だった。オムレツをはさんだパンを食べようかとも思ってみたが、いくらなんでも早すぎた。そのとき、コラム「きょうのこの日」のことを思い出して、書きはじめた。「三年まえのきょう、偉大なる詩人ペソアが他界した。彼は英語で教育をうけたが、ポルトガル語で書くことをえらんだ。彼にとっての祖国の言葉がポルトガル語だったからだ。すばらしい詩をあちこちの雑誌に寄稿するかたわら、『メッセージ』と題された一篇のみじかい叙事詩を、私たちに残した。この詩は、祖国を愛したひとりの偉大な詩人の目で見た、ポルトガルの歴史をうたっている」彼は原稿を読みなおしたが、なんともひどいしろものだった。言葉はおそろしい、とペレイラは供述している。そこで原稿を屑籠に捨てると、こんどはこう書いた。「フェルディナンド・ペソアが他界して三年になる。彼は人に知られず、ほとんど無名のうちに生涯を終えた。ポルトガルにいても外国人のように暮したが、たぶん、彼はどこに行っても、外国人だったのではないか。うらぶれた下宿屋や間借りの部屋で、彼は孤独に生きた。彼の友人たち、こころざしをおなじくするものたち、詩を愛する人たちが、追悼をささげる」

それから、オムレッをはさんだパンにかじりついた。ちょうどそのとき、ドアにノックの音がしたので、オムレッとパンをひきだしに隠し、口のまわりをタイプライターの複写用の薄紙で拭いてから、大声でいった。おはいり。モンテイロ・ロッシだった。ペレイラさん、こんにちは、モンテイロ・ロッシがいった。ごめんなさい、早すぎたかもしれませんね。原稿、一本だけ持ってきました。ええ、ゆうべ家に帰ってから、ふと考えが浮かんだものですから。それに、もしかしたら新聞社でなにか食べられるかも知れないな、と思ったんです。そこでペレイラは、辛抱づよく説明した。ここは新聞社というわけではなくて、文芸面編集室だけがはなれている、いわば別館だよ。そして、文芸面といっても、それは、ぼく、ペレイラひとりなので、きのう話したはずだが、ここには、部屋がひとつ、机がひとつ、扇風機が一台あるだけだ。『リシュボア』はごく弱小な夕刊紙にすぎないんだから。モンテイロ・ロッシは椅子にかけると、四つ折りにした紙きれを一枚、さしだした。ペレイラはそれを受けとって、読んだ。とても掲載できるようなものではなかったと、ペレイラは供述している。活字に組める原稿ではなかった、と。ガルシア・ロルカの死について書かれたその文章は、こんなふうに始まっていた。「二年まえ、スペインの偉大なる詩人フェデリコ・ガルシア・ロルカが、状況不明のもとに死んだ。他殺であることは確実で、政治的理由が疑われている。かくも野蛮な行為が行なわれたことに、世界中がいまだに驚きをかくせない」

原稿から目をはなすとペレイラはいった。いいかい、モンテイロ・ロッシ君、きみは小説家としては完璧だが、新聞社は小説を書くのにふさわしい場所じゃない。新聞は、真実を、あるいは真実らしいことを書くところだ。ひとりの作家が、どのようにして、どのような状況下に、なぜ、死んだかを書くのではなく、ただ、死んだ、と書けばそれでいい。そのあと、小説なり詩なり、その人物の作品について論じなければいけないんだ。一言でいえば、人物像、そして作品論を書く。きみの原稿は、どうみても使いものにならないねえ。ガルシア・ロルカの死因はいまもって謎につつまれているし、もし、きみの書いたとおりでなかったら、どうする？

モンテイロ・ロッシは、ペレイラがまだ原稿を終りまで読んでいないことを指摘し、後のほうで、作品についても経歴についても、さらに人間としてまた芸術家としての偉大さについても、ちゃんと書いてあります、と反論した。ペレイラは腹をたてないで、ゆっくりと先を読んだ。なんとも、とペレイラは供述している、煽動的な原稿だった、と。原稿はスペインの真相について、ガルシア・ロルカが『ベルナルダ・アルバの家』で集中的に批判した、あの芯の芯までカトリックであるスペインについて、また、ガルシア・ロルカが民衆のところまで持っていった移動劇場「バッラーカ」について論じていた。そして、すべてが、文化と演劇に飢えかわいていた、そしてガルシア・ロルカによって満たされた、スペイン民衆への賞讃につらぬかれていた。供述によると、ペレイラは原稿から目を上げ、髪を手でなでつけると、ワイシャツの袖をまくりあげていったという。いいかい、モンテイロ・ロッシ君、はっきりといわせてもらうが、きみのもってきた原稿は掲載できない、いや、ポルトガル中さがしても、これを掲載する新聞はないだろう。きみの祖国だというイタリアの新聞でも、だめだろう。きみは、軽率なのか、それとも煽動しているつもりなのか、そのどちらかとしか考えられない。そして、今日のポルトガルのジャーナリズムは、軽率人間にも、煽動者にも場を提供するわけにいかないのだよ、これがほんとうのところだ。

話しながら、ペレイラは背中につめたいものが流れるのを感じた、と供述している。なぜ彼は汗などかいたのか、どうしてか？ 彼は、それをはっきりと説明することができない。ひどく暑かったからであるのは、たしかだ。いくら小さい部屋でも、それを冷やすのには小さすぎる扇風機だったから。それと、すっとんきょうな落ちこんだ顔で、爪を嚙みながら彼の話を聞いている若者を見て、同情してしまったのかもしれない。残念だった、これはテストのつもりだったが、うまく行かなかったのさ、じゃ、さよなら。そういう勇気がペレイラになかった。ペレイラがなにもいわないで、腕を組んだままモンテイロ・ロッシをにらんでいると、青年はいった。ぼく、書きなおします、あしたまでに、もう一回、書きます。だめだよ。ようようのことでペレイラがいった。ガルシア・ロルカはだめだ。いいかい、彼の生涯だって死だって、『リシュボア』紙のような新聞には不向きな点が多すぎるよ。モンテイロ・ロッシ君、きみだって現在、スペインが市民戦争のまっさいちゅうで、ポルトガル当局が、フランシスコ・フランコとおなじ路線でものを考えているぐらいのことは知っているだろう。そして、ガルシア・ロルカが危険分子だったことぐらいは。そう、彼は危険分子だったんだ。

モンテイロ・ロッシは、その言葉にぎょっとしたように立ちあがり、ドアのところまであとずさりすると、いったんそこで止まってから、もういちど一歩まえに踏みだして、いった。やっと仕事がみつかったと思ったのに。ペレイラはなにもいわなかったが、背中を汗がつたうのがわかった。それじゃあ、ぼくはどうすればいいんです。まるで嘆願するような声で、モンテイロ・ロッシがいった。ペレイラも立ちあがると、扇風機のまえに行った。数分間そこにいて——彼の供述によると——ワイシャツが乾くのを待つあいだ、なにもいわなかった。やがて、彼は口をひらいた。モーリアックか、ベルナノス。どちらかをきみが選ぶといい。追悼原稿を書いてごらん。ぼくのいう意味がわかるかな。でも、ぼくは夜も寝ないで書いたんです、モンテイロ・ロッシはしどろもどろになっていった。きょう、それで金を払ってもらえると思って来たんです。たくさんいただきたいわけではありません、ただ、きょう、昼食が食べられればそれでいいんです。ペレイラは、いってやりたかった。昨夜だって、あたらしいズボンを買う金を渡したじゃないか、きみに金を払いつづけるわけにはいかないよ。ぼくはきみの父親じゃないんだから、と。ペレイラは、きっぱりと、強く、そういってやりたかったのだが、そのかわりにこんなことをいってしまったのだ。きょう食事ができないで困るのなら、ぼくがきみを招待しよう、ぼくもまだ昼をすませてないし、腹も空いている。なにかうまい魚の網焼きとか、仔牛のカツレツぐらい、食いたいな。きみは?

なぜ、ペレイラはあんなことをいったのだろう。単にあの部屋にいるのが息苦しかっただけだ。それに空腹だったのは事実だし、もうひとつには、妻の写真を思い出したのだ。他にどんな理由があったろう。なにも、考えつかないとペレイラは供述している。

6

供述によると、それにもかかわらず、ペレイラはロッシオ界隈のレストランに青年を連れていって、昼食をおごることにしたという。ふたりが行ったのは、知識人がよく利用するカフェ・レストランで、じぶんたちも知識人にはちがいないのだから、似合いの場所に思えた。二〇年代に栄光の頂点に達したそのレストランのテーブルでアヴァンギャルドの雑誌が編集されたことから、だれもがこぞって行った場所でもあり、いまもまだ、だれか作家が行っているにちがいない。

ふたりは黙ったままリベルダーデ大通りの坂を下り、ロッシオに出た。そとはあんまり暑かったから、ペレイラは屋内の席をえらんだ。まわりを見まわしたが、文学畑の人物はだれもいなかった、と彼は供述している。文学の連中は、みんな休暇に出かけてるんだ。そう彼がいったのは、なんでもいいから沈黙を破りたかったからだ。連中は、たぶん、休暇で山とか海とか、あるいはただの田舎に行っている。街に残っているのは、ぼくたちだけさ。家にこもっているだけではないでしょうか。モンテイロ・ロッシがぽつりといった。このぶっそうな時代に、旅行する気にもなれませんよ。供述によると、ペレイラはそれをきいて、なにやら心細くなったという。彼らの不安を理解してくれそうな人間はだれひとり、その辺にいないのだから、彼らはひとりぼっちなのだった。レストランには、帽子をちょこんと頭にのせた奥さんがふたり、それと隅のほうに、なにやら不吉な感じの男が四人いた。

ペレイラは、はなれたところにあるテーブルをえらぶと、いつもするようにワイシャツのえりにナプキンを突っこんでから、白ワインを注文した。食前酒を飲みたくてね。彼はモンテイロ・ロッシに説明した。ふだんはアルコール類は飲まないが、きょうは食前酒がほしい。モンテイロ・ロッシが生ビールをたのんだのをみて、ペレイラは、白ワインはきらいなのかとたずねた。ビールのほうがいいんです、モンテイロ・ロッシが答えた、このほうがさっぱりしてて、軽いですし。それに、ワインはよくわからないんです。残念だね、それは、とペレイラが小声でいった。いい評論家になりたかったら、ぜったいにだめだ。そして、彼はつけくわえた。それと、文学もね。そのとき、モンテイロ・ロッシ味覚も磨かなくちゃ。知識を深めて、ワインも食いものも社会も、ぜんぶわかるようにならなければ、がひくくつぶやいた。ほんとうは、あることを告白したいんですが、勇気がなくて。うちあけてしまいなさい。ペレイラがいった。ぼくは、なにも知らなかったふりをするから。あとにします、とモンテイロ・ロッシがいった。

ペレイラはタイの網焼きをたのんだ、と供述している。モンテイロ・ロッシは、はじめにガスパチョを、そして、あとは魚介類の米料理にした。大きな素焼の浅い鉢にいれてこられた米料理を、モンテイロ・ロッシは、三度、おかわりをして、ペレイラの供述によると、かなりな量だったにもかかわらず、なにもかもきれいに平らげた。食べおわると、彼はひたいにかかった髪を指でとかしながら、いった。このあとは、アイスクリーム、いや、ただのレモン・シャーベットにします。勘定がいくらぐらいになるか、ペレイラがあたまのなかで計算してみると、一週間分の給料がごっそりレストランにもっていかれるわけだった。リスボンの作家連中が来ていると思ったからこのレストランに来たのに、頭にちっちゃな帽子をのせた老女がふたりと、不吉な感じの男が四人、隅のテーブルにいただけだった。彼は、また汗をかきはじめたので、ワイシャツのえりにはさんでいたナプキンをはずしてから、冷えたミネラル・ウォーターと、コーヒーを注文した。それから、モンテイロ・ロッシの目をしっかりとにらんで、いった。さあ、食事のまえに打ち明けようと思ってたことを、いってしまいなさい。ペレイラの供述によると、モンテイロ・ロッシは天井に視線をあげ、えへんと咳をすると、小さい子のように赤くなって、こうこたえた。いいにくいことなんです、すみません。そこでペレイラがいった。この世のなかに、いってはずかしいことなんて存在しない。なにか盗んだとか、両親にむかって礼儀を失したといったことは別だが。モンテイロ・ロッシは、まるで口から言葉が出るのを抑えているみたいに、ナプキンで口をぬぐい、ひたいにかかった髪を撫でながら、こういった。なんていえばいいのでしょう。ペレイラさんが、プロにならなくてはいけない、脳ミソを使ってものごとを考えろ、とおっしゃるのは、よくわかるのですけれど、ぼくの場合はですね、ほかに理由があったものですから。もっとちゃんと説明しなさい。ペレイラは容赦なくいった。さあ、モンテイロ・ロッシは口ごもった。そうですね、じつをいうと、いや、こころの命じるままにやってしまったというのが本音です。やるべきでなかったかなとも思いますし、そうしようと考えてやったわけじゃない、でも、そうしなくてはいられなかったんです。わかってもらえますか。ぼくだって理性にしたがって書くことはできます。ガルシア・ロルカの追悼原稿にしても。そして彼は、もういちどナプキンで口をぬぐってから、つづけた。それに、ぼくはマルタを愛しているんです。それとこれとは、どういう関係があるのかってぼくはいいたいね。ペレイラは手きびしかった。わかりません。モンテイロ・ロッシがこたえた。たぶん、関係はありません。でも、これだって、それなりに、こころの命ずるままのことですから。そうですよね。ひとを愛していることだって、問題にしていいはずです。問題はだな、とペレイラはいってやりたかった。じぶんの手に負えないような難題に首をつっこむべきじゃないっていうことだ。世界そのものがすでに問題なんだから、とてもぼくたちにそれを解けるはずはないってことだ。彼はそういってやりたかった。問題は、きみがまだ若いこと、若すぎるんだ。ぼくの息子といっていいくらいじゃないか。もっとも、ぼくを父親あつかいしてくれっていうわけじゃない、と。また、ペレイラはこうもいいたかった。ぼくはきみの矛盾を解決しにここへ来たんじゃない。ぼくたちは、礼儀ただしく、プロらしくつきあうべきなのだから。ペレイラはまた、こうもいってやりたかった。きみはものをどう書くか、それをおぼえてくれなくてはいけない、さもなければ、もし、こころの命ずるままにだけ書くつもりだったら、ずいぶん厄介な目にあうだろうよ、これはぼくが保証する。

だがペレイラは、そのどれも口にしなかった。葉巻に火をつけると、彼は、ひたいに流れる汗をナプキンでぬぐい、ワイシャツのいちばんうえのボタンをはずしてから、こういった。こころの命ずるところは、たしかになによりも大切だ。どんなときにも、こころが命じることには従わなくてはいけない。これはモーセの十戒には書いてないけれど、ぼくは信じているよ。それでも、目もちゃんと開けていなければいけない。どんなことがあっても、だ。こころ、ねえ。ぼくはそれも賛成だけど、目は開けていなければいけない。いいかい、モンテイロ・ロッシ君、これで食事はおしまいだ。三、四日は電話しないで、よく考えてくれるかな。そのあいだに、依頼したものをちゃんと書きなさい。ちゃんとだよ。そして来週の土曜日の昼ごろ、編集室に電話をかけてくれないか。

ペレイラは立ちあがって、手をさしのべて別れた。まったくちがったことをいうつもりだったのに、彼を叱ってあわよくばクビにするつもりだったのに、どうしてあんなことをいってしまったのか。ペレイラには、その理由がいえない。ひょっとしたらレストランにあんまり人がいなかったからなのか、文芸すじの人間に会わなかったからか、それとも、都会の生活が淋しかったので、共犯者的な仲間、あるいは単にともだちがほしかったのか。たぶん、これらの理由と、それから彼には説明のつかない理由があったのだろう。こころが命じるところについて確信をもつのはつらいことだ。そうペレイラは供述している。

7

供述によると、つぎの金曜日、ペレイラがオムレツをはさんだパンの包みを持って編集室に行くと、『リシュボア』の郵便受けから封筒がとびだしているのがみえた、という。それを抜きとって、ポケットにしまうと、もうすこしで二階というところで管理人に出会ったのだが、むこうが声をかけてきた。おはようございます、ペレイラさん、お手紙が、速達が来てますよ。郵便配達が九時にもってきたので、あたしがサインしなきゃならなかったんです。ペレイラはむっとしたが、小声でありがとうといって階段をのぼりつづけた。あたしが代わりにサインをしたのですけれどねえ、管理人がいった。迷惑がかかるといやなんですよ。差出人も書いてないのですからね。ペレイラは三段あとに戻ると、彼女をにらんだ。いいかい、セレステ、きみは管理人なら、管理人の仕事をやってればいいんだ。管理人には、この建物の店子が給料をはらってるんだろう？　店子のなかには、うちの新聞社もはいっている。それなのにきみは、関係のないことにまで首をつっこみたがる。いいかい、こんど速達が来たら、ぼくのためにサインなどしなくて結構。どこから来たかなんて見なくていいから、もういちど来て、本人にわたしてほしいと、配達夫にいってほしいね。すると管理人は、踊り場を掃いていたほうきを壁に立てかけたあと、腰に両手をあてて、いった。ペレイラさん、そんな話し方をするのは、あたしをただの管理人だと思っておいでだからですね。いっておきますけれどね、あたしには、おえら方のなかにも知りあいがあるんですよ。あなたが失礼なことをおっしゃっても、ちゃんとあたしを守ってくれるような方たちがね。そうだろうよ、いや、それぐらいは知ってるさ。ペレイラはそうこたえたという。それが、まさにぼくのいやなところなんだよ。さようなら。

部屋のドアを開けたときには、がっくり疲れた気分で、そのうえ、びっしょり汗をかいていた。扇風機をつけると、机のまえにすわった。タイプ用紙を一枚とって、そのうえにオムレツをはさんだパンをのせ、おもむろに手紙をポケットから出した。封筒には、ペレイラ先生、「リシュボア新聞社」、ロドリゴ・ダ・フォンセカ街66番、リスボン、とあった。あかるいブルーのインクで書いた、きれいな書体だった。ペレイラはオムレツのよこに手紙を置くと、葉巻に火をつけた。心臓病の医者にタバコは禁じられていたのだが、いっぷく、やりたかった。すぐ消せばいいだろう。そして手紙はあとで読むことにした。さしずめ翌日のための文芸面の準備をしなければならないのだ。ペソアについて書いた「きょうのこの日」のコラムの原稿を読みかえそうかと思ったが、そのままにしておくことにした。そこで、これもじぶんが訳したモーパッサンの小説を読みはじめた。なおす箇所があるかもしれないと思ったのだが、なにもなかった。よくできた短篇だったから、ペレイラは少々得意だった。それですこし気分がよくなった、という。上着のポケットから、市立図書館の雑誌のなかにみつけた、モーパッサンの肖像画をとりだした。鉛筆画で、きいたことのない名のフランスの画家が描いていた。モーパッサンは、ひげはのびほうだい、目は宙をさまよっているようで、なにやら絶望したような表情だった。この小説に添えるには恰好の写真だ、そうペレイラには思えた。いずれにせよ、愛と死をめぐる話だったから、どちらかというと悲劇じみた顔のほうが似合うのだ。小説のなかに、モーパッサンの生涯について、ごく基本的な情報をいれた囲みをつくらなければならなかった。ペレイラは机のうえにいつも置いていたラルース辞典をひらいて、写しはじめた。「ギ・ド・モーパッサン、一八五〇—一八九三。兄のエルヴェともども、父親の性病による遺伝のため、精神病を発症したあと、若くして没した。二十歳のとき普仏戦争に参加、戦後は海軍省に勤務した。諷刺のきいた見方をする、才気喚発の作家で、フランスのある社会層の人たちの、弱さと小心さを短篇に描いた。たいへんな評判になった『ベラミ』や、幻想的な『ル・オルラ』などの長篇小説も書いたが、狂気の発作に見舞われ、ブランシュ博士が経営する病院に収容されて、貧困と孤独のうちに生涯を終えた」

それから、オムレツをはさんだパンをとりだすと、三、四口、かじったが、食欲がないのに気づいたので、残りは屑籠に捨てた。なんともひどい暑さだったから、と彼は供述している。そしてようやく、手紙の封を切った。タイプで、カーボン紙用の薄紙に書いた原稿だったが、「フィリッポ・トンマーゾ・マリネッティ氏死去」というタイトルを読んで、彼は胸がどきんとした。二ページ目を読むまでもなく、モンテイロ・ロッシが書いたものであることは歴然だったし、さらに役に立ちそうもないその原稿が、掲載不可能なものであることも、たちまちわかった。ただ、ペレイラにしてみれば、たぶん肉体の復活を信じていたにちがいないベルナノスとか、モーリアックの追悼原稿を書いてほしかった。にもかかわらず、それは、戦争に賛成したフィリッポ・トンマーゾ・マリネッティについての原稿なのだった。ペレイラは、それでも読みはじめた。屑籠のために書かれたような原稿ではあったが、ペレイラは捨てようとはせず、どういうわけか、それをファイルに入れた。きょう、証拠として提出することができるのは、こんな理由からだ。その原稿は、こんなふうに始まっていた。「マリネッティ氏の死とともに、暴力を重んじる人間がこの世からひとり消えたことになる。マリネッティが彼のミューズと仰いだのは、ほかでもない、暴力だったからである。氏は、一九〇九年、パリの日刊紙上に『未来派宣言』を発表したが、同宣言は、戦争と暴力の神話を称揚するものであった。民主主義の敵、好戦的な性格で、また戦争肯定主義者でもあった氏は、やがて、戦争を音でなぞったと思われる詩、『ザング・トゥン・トゥン』という奇妙な作品を書いて、アフリカにおけるイタリアの植民地獲得戦争を称揚することになる。植民地主義への信仰は、やがて、氏をイタリアのリビア侵攻の称揚にみちびく。他にも唾棄すべき『戦争は世界唯一の公衆衛生政策』と題したマニフェストを書いている。ひげを縮らせ、胸に勲章をならべたガウンをつけてアカデミー会員をよそおった、高慢ちきなポーズの写真がある。勲章はどれも、イタリアのファシズム政権が、彼らを飽くことなく支持したマリネッティに授与したものである。彼の死は、いかがわしいひとりの人物の退場、強硬な戦争挑発者の退場を意味する……」

ペレイラはタイプで打った部分をわきにどけて、手紙を読むことにした。原稿に添えて、手書きの手紙がついていたからだ。「ペレイラ先生、心のおもむくままに書いてしまいました。でもぼくに腹を立てないでください。あなたも、心が命ずるところを行なうのは、なによりも大切だといわれましたね。この追悼原稿が掲載可能かどうかは、ぼくにはわかりませんし、第一、マリネッティだって、まだこの先、二十年も生きるかも知れないですね。それにもかかわらず、なにほどかの稿料をお送りいただけるのでしたら、深く感謝いたします。理由は説明できませんが、いまのところ編集室にうかがうことはできません。強要するわけではさらさらありませんが、少額でもいただけるのであれば、ぼくの名を書いた封筒に入れて、下記にお送りください。リスボン、中央郵便局私書箱２０２。いずれお電話します。敬具、モンテイロ・ロッシ」

ペレイラはその追悼原稿と手紙を資料用のファイルにはさむと、表紙に書いた。追悼原稿。それから上着を着ると、モーパッサンの短篇にページ番号を打ってから、ぜんぶをまとめて印刷所にもってゆくため、そとに出た。汗だくで、階段のところでどうか管理人と顔を合わせないですむようにと思った、と供述している。

8

おなじ週の土曜日、正午きっかりに電話が鳴った、とペレイラは供述している。その日、彼はオムレツをはさんだパンを編集室に持っていかなかった。心臓病のほうの専門医に、ときどき食事を抜くように薦められていたからで、どのみち、我慢できないほど腹が空けばカフェ・オルキデアでオムレツを食べればいいのだった。

こんにちは、ペレイラさん。モンテイロ・ロッシの声だった。こちらはモンテイロ・ロッシです。電話を待ってたよ、ペレイラがいった。いま、どこにいるの？　ペレイラがきくと、街のそとです、と彼はこたえた。ちょっと待て、ペレイラはいった。街のそとって、いったいどこだ。街のそとですよ、モンテイロ・ロッシがくりかえした。供述によると、彼の変に用心ぶかいような、そっけない口調が、妙にペレイラをいらだたせたという。モンテイロ・ロッシから、ペレイラは、もうすこしていねいな、もうすこし感謝の気持のこもった口調を期待していたのだ。それでも彼は、いらだちを抑えて、いった。きみの私書箱宛に金を送っておいたよ。ありがとうございます、モンテイロ・ロッシがいった。すぐとりに行きます。それだけだった。それでペレイラがたずねた。新聞社にはいつ来るつもりなの？　直接に話したほうがいいと思うんだが。するとモンテイロ・ロッシはいった。いつうかがえるか、わかりません。じつをいうと、どこかでお会いできないかと、その場所を決めるための短い手紙を、いま書いていたところなんです。もし可能なら、新聞社じゃないほうがいいのですが。なにか具合のわるいことがあるな、とペレイラが直感したのはそのときだった、という。それで、モンテイロ・ロッシ以外にはだれにもきかせない、というように、声をひくめてたずねた。なにかまずいことにでもなっているのか？　モンテイロ・ロッシがこたえなかったので、ペレイラは、じぶんのいったことが通じなかったのかと思い、もういちど、おなじ質問をくりかえした。なにか、まずいことにでもなっているのか。まあ、そんなところです、モンテイロ・ロッシの声がいった。でも、電話では申しあげられません。週の半ばごろにお会いできないかどうか、手紙をさしあげますから。じつは、ぼく、助けていただきたいのです、ペレイラさん、でもそのことについては、直接お会いして申しあげたいんです。いま、具合のわるい場所から電話しているので、すみません、切らせていただきます。おこらないでください、ペレイラさん、直接お会いして話しますから、さようなら。

電話はそこで切れたので、ペレイラは受話器をもとに戻した。供述によると、そのとき彼は胸さわぎがした、という。どうしたものかと考えたすえに、決意した。まず、カフェ・オルキデアに行って、レモネードを飲み、オムレツを食べる。それから、午後は、コインブラ行きの列車に乗って、ブサコ鉱泉に行こう。編集部長に会うのは避けられないとわかってはいたが、どのみち部長と話す気はぜんぜんなかった。そして、うまくいけば、彼のお相手をしなくてすむ理由もちゃんとあった。運よく、鉱泉に友人のシルヴァが休暇をすごしに行っていたからで、これまでにも、なんどか、来ないかとペレイラをさそってくれていたのだった。シルヴァは、コインブラ大学でおなじ学科にいた古くからの友人で、現在はおなじ大学で文学を教えていた。教養も良識もある男だったし、おだやかな性格なうえ、独身でもあったから、二、三日、いっしょに休暇をすごすのは、わるくないはずだった。また、健康にいい鉱泉の水を飲めるし、公園を散歩したり、うまくいけば吸入療法もできるだろう。それというのも、このところ彼は、とくに階段を上がるとき、口を開けて呼吸しなければならないほど、息苦しかったからだ。

「来週の中ごろまで留守にします。ペレイラ」彼は、こんなカードをドアにとめた。さいわい、階段で管理人の女に出会うこともなかったので、彼はほっとした。くらくらするような正午のひかりのなかに出ると、ペレイラはカフェ・オルキデアにむかったが、ユダヤ人の肉屋のまえを通りかかったとき、人だかりがしていたので足をとめた。ショーウィンドウのガラスが粉々に割れていて、ところかまわず壁に書かれた文字を、肉屋のマイエルが白ペンキで消していた。ペレイラは人だかりを分けて、肉屋の若主人のそばまで行った。マイエルとは昵懇《じっこん》の仲だったし、彼の父親がまだ健在だったころ、ペレイラはよくいっしょにテージョ河畔のカフェにレモネードを飲みに行ったものだ。老マイエルが死んで、息子のダヴィデが肉屋の店をついだ。まだ若いのにもう腹がせり出しているダヴィデ青年は、明るい性格の大男だった。ダヴィデ、と近づきながら、ペレイラが訊いた。いったいなにが起こったんだ。ごらんのとおりですよ、ペレイラさん。ダヴィデはペンキだらけの手をエプロンでふきながらこたえた。いまや暴力の世の中ですからね。連中にやられたんですよ。警察は呼んだのか。ペレイラはたずねた。じょうだんじゃありませんよ、そんなこと。ダヴィデはいうと、また白いペンキで書かれた文字を消しはじめた。カフェ・オルキデアに行くと、ペレイラは屋内の扇風機のまえに席をとった。レモネードをたのんで、上着をぬぐと、給仕が話しかけてきた。事件のこと聞かれましたか、ペレイラさん。ペレイラは目をむいて、たずねた。ユダヤ人の肉屋のことかい？　いや、肉屋どころじゃありませんよ。給仕のマヌエルは、テーブルを離れて行きながらいった。もっとひどい話があるんです。

ペレイラは香草入りのオムレツをたのむと、ゆっくり食べた。午後五時まで『リシュボア』新聞は出ないから、読みたくてもまだ早すぎたうえ、やっと出るころには、彼はコインブラ行きの汽車に乗っているはずだった。なにか朝刊を持ってこさせようかとも考えたが、ポルトガルの新聞に、給仕が話していた事件が載っているとは思えなかった。ただ、口から耳へ、噂ばかりが飛びかっているので、なにが起こったのか、事実を知るには、カフェでたずねるか、人が話していることに聴き耳をたてる以外に方法がなかった。さもなければ、ド・オウロ街のキオスクで外国の新聞を買うこともできたが、外国の新聞はあっても、三、四日おくれて着いたから、いまたとえみつけたとしても、役にはたたなかった。したがって、ひとにたずねるのがいちばんだった。だが、ペレイラは、だれにも、なにについても、たずねる気になれなかった。ただ、鉱泉場に行って、何日かをゆっくりとすごしたい、友人のシルヴァ教授としゃべることができればそれでたくさんだ、時代の邪悪なことどもについては考えたくない、そんな気持だった。もう一杯レモネードをたのむと、彼は勘定書をもってこさせてから、そとに出て、中央郵便局に行き、電報を二本打った。ひとつは、鉱泉場のホテルに部屋を予約するためで、もうひとつは、友人のシルヴァ宛だった。「コンヤキシャ、コインブラ、ツク。クルマデムカエタノム。アリガトウペレイラ」

そして、かばんをつめに家に帰った。切符は駅で買えばいい、時間はたっぷりあると思った、とペレイラは供述している。

9

供述によると、ペレイラがコインブラの駅に着いたとき、街ぜんたいがすばらしい夕焼けに明るんでいたという。ホームを見渡したが、友人のシルヴァの姿はなかった。電報が着かなかったのか、そうでなければ、シルヴァはもう鉱泉場から帰ってしまったのかもしれなかった。だが、停車場のホールまで行ってみると、ベンチに腰かけてたばこをすっているシルヴァが見えた。ペレイラはなにか胸をつかれて、友人に歩みよった。このまえ会ったのは、ずいぶん以前のことだ。シルヴァは、ペレイラを抱擁すると、かばんを持ってくれた。ふたりは外に出て、車のとめてあるところまで行った。シルヴァの車は、使い勝手のいい、ゆったりした黒いシボレーで、メッキの部品がきらきら光っていた。鉱泉場への道は、緑におおわれた丘のなかを曲りくねっていた。かるい吐き気をおぼえて、ペレイラは窓を開けた。新鮮な空気をすうと気分がよくなった、という。着くまで、ふたりはあまり話さなかった。元気なのかな。シルヴァがたずねた。まああだね。ペレイラがこたえた。ずっとひとり暮らしかい、シルヴァがたずねた。ひとりさ、ペレイラがこたえた。いわせてもらうが、とシルヴァがいった。きみは、いっしょに暮す女性をだれかみつけるべきだよ。奥さんのことが忘れられないのは、よくわかる、でも、思い出だけを道づれに一生すごすなんて、だめだよ。もうぼくもとしだからな、ペレイラはいった。それにふとりすぎていて、心臓もわるいし。年齢がなんだい、シルヴァがいった。ぼくたちはおないどしだぜ。ふとってるなら、食餌療法をすればいいだろう、休暇をとればいい。もうすこし、じぶんの健康のことを考えろよ。そうかな。ペレイラがいった。

供述によると、鉱泉場のホテルは、宏壮な庭園をうしろにひかえた白い別荘《ヴィラ》様式の建物で、すばらしい場所だった、という。ペレイラは部屋に行って、服を着替えた。白服に黒のネクタイをしめた。シルヴァは、食前酒をすすりながらロビイで待っていた。うちの編集部長に会わなかったか、とペレイラがたずねると、シルヴァは片目をつぶっていった。いつも、中年の婦人と夕食に出てるよ。相手もこのホテルの泊まり客だ、かなりうまくいってるらしい。それじゃ安心だな、ペレイラがいった、話さなくて済む。

ふたりはホテルのレストランに行った。十九世紀ふうの造りで、天井には花づな模様のフレスコ画が描かれていた。編集部長が、中ほどのテーブルでイヴニングドレスの婦人と食事をしていた。部長が頭を上げたとき、ペレイラが目にとまったらしく、おどろいた様子で顔をあからめ、こっちへおいで、というふうに手まねきした。シルヴァが席をとっているあいだに、ペレイラは部長のほうに歩いて行った。こんばんは、ペレイラ君。あいさつをしたのは部長のほうだった。きみがここに来るなんて、思いもしなかったよ。編集室をサボってきたのかい。文芸面はきょう出ましたから、とペレイラはいった。ごらんになったでしょうか。もしかしたらコインブラには、まだ着いてないかもしれませんが。モーパッサンの短篇が一本と、私が「きょうのこの日」と名づけたコラムが載っているはずです。それで、私は二、三日、滞在するだけです。水曜日には、リスボンに帰りますから。来週の土曜の文芸面の準備です。すると、部長が同席の女性にいった。奥様、ぼくの下にいるペレイラ君です。そして、こうつけくわえた。マリア・ド・ヴァレ・サンタレス夫人だ。ペレイラは頭をさげて、いった。部長、ひとつご報告したいことがあります。ご異存なければ、見習いをひとり雇いたいのですが。理由は、大作家のなかで、いつ死んでもおかしくないような人たちの追悼原稿をまえもって書いてもらうためで、それだけの仕事なのですが。ペレイラ君、部長の声がとがった。ぼくはいままで、上品で、聡明なご婦人と愉しくお話ししていたんだよ。そこへ君がやってきて、人が死ぬ話をするなんて。縁起でもない、失礼じゃないか。ペレイラは、あ、失礼いたしました、とあやまった、という。いや、仕事の話をするつもりではなかったのですが、文芸面では、ときに大作家の他界ということも予想しなければなりません。それも、もし、急逝ということにでもなれば、一日で追悼原稿を書くというのは大変なんです。覚えておいででしょう、三年まえ、T・E・ロレンスが死んだとき、ポルトガルの新聞はどこも間にあわなかったんです。やっと追悼文が出たのは一週間もあとのことでした。いまの時代らしい新聞であろうとするなら、迅速であることは必至です。すると部長は口に入れたものをゆっくり嚙みながら、いった。わかった、わかったよ、ペレイラ君。いずれにせよ、文芸面はすべてきみにまかせるといったろう。ただ、忘れないでくれ、あまり金のかからない見習いであること、それから信頼に足る人物であること。それでしたら、だいじょうぶです。ペレイラはすぐにこたえた。給料はすくなくても満足なようですし、リスボン大学では、死について卒業論文を書いたそうで、死のテーマはお手のもののようです。部長は乱暴な手ぶりで彼をさえぎると、ワインで口をすすいでから、いった。ペレイラ君、おねがいだから、死ぬ話はやめてくれないか。わたしたちの食事を台なしにするつもりかい。文芸面は、きみの好きなようにすればいい。きみを信用するよ。きみは、三十年も新聞記者をやったのだから、いいね、じゃあこれで、食事を愉しみたまえ。

ペレイラはじぶんのテーブルに行って、シルヴァのまえにすわった。友人が白ワインにするかと訊いたので、ペレイラは首をよこに振り、給仕を呼んでレモネードを注文した。ワインは心臓にわるいからといって、医者にとめられているんだ。ワインはよくないから、飲むなって。そのあと、シルヴァは、ヒメマスのアーモンド・ソースをたのみ、ペレイラは、ビーフ・ストロガノフにポーチド・エッグをのせた料理を注文した。しばらくはどちらも黙って食べていたが、ややあって、ペレイラがシルヴァにたずねた。なにもかもについて、きみはどう思ってる？　なにもかもって、とシルヴァが訊いた。万事すべてについてだ、とペレイラは重ねていった。ヨーロッパで起きているすべてについて。なんだ、心配することはないさ、シルヴァはこたえた。ここはヨーロッパじゃないよ。ポルトガルなんだから。ペレイラは、なおもあきらめないでたずねた、といっている。きみだって新聞も読むし、ラジオも聴いてるだろう、そしたら、イタリアとドイツでなにが起こっているかは知ってるはずだ。

狂信的なあいつらは、世界中を戦火に巻き込もうとしている。心配は無用さ、シルヴァがいった。あれはよその話だから。そうかな、ペレイラがつづけた。だが、スペインは隣国だし、ここからも遠くはない。スペインでなにが起きているか、きみも知ってるだろう。大量殺戮だぜ。憲法にのっとった政府が存在しながら、ひとりの狂信的な軍人がいるおかげで、あんなことになっている。いや、スペインは遠いさ、シルヴァがこたえた。ここはポルトガルじゃないか。そうかなあ、ペレイラがいった。きみはそういうけれど、ここだって、すべてがまるくおさまっているわけじゃない。警察がわがもの顔で、庶民をぶっ殺すし、家宅捜査や検閲が平然と行なわれる。独裁国家じゃないか。庶民は無視され、世論だってなんの力もない。シルヴァは彼をじっと見つめると、手にもったフォークを置いてから、おもむろにいった。いいか、ペレイラ、よくきけ。おまえはいまでも、世論の力なんて頼りにしているのか。世論なんて、アングロサクソンの連中が発明したしろものさ。イギリス人とアメリカ人のものさ。われわれをクソまみれにしているのは、あいつらなんだ、ごめん、ひどい言葉だけれど仕方がない。世論の力、なんていいつづけてきて、あいつらの体制がわが国にそだったと思うかい。この国には、あいつらの国にある伝統がないんだ。トレード・ユニオンの概念だって、われわれには理解できない。ぼくたちは、南人間《みなみ》なのさ、ペレイラ。人より大声でどなるやつ、命令を下すやつにぼくたちがついていくのは、そのためさ。おれたちは、南人間なんかじゃあない、ペレイラが声をつよめた。ぼくたちにはケルトの血が流れているじゃないか。でも、暮らしているのは南だ、シルヴァがいった、気候がぼくたちの思想をだめにするんだ。すべて、このままでいいんだ。大目に見ようよ、

「なさしめよ《レッセ・フェール》、行かしめよ《レッセ・パッセ》」で通してしまうのが、ぼくたちの生まれつきなんだ。それに、いいかい、もうひとついわせてもらうとだな、ぼくは文学を教えているし、文学にはくわしい。現にわが国の吟遊詩人のひとりの注釈版をつくっている。『友の唄』という詩だ。大学でやったのを覚えているかなあ。若者たちが戦争に行ったので、残った女たちが家で泣いている。吟遊詩人たちが、女たちの嘆きを集めて歩いたのだが、上で命令を下していたのは王だった。わかるな。命令する頭領がいたんだ。ぼくたちは、ずっと頭領を必要としてきたし、いまでも、ぼくたちは頭領を必要としている。でも、ぼくは、新聞記者なんだ、ペレイラがさからった。だからどうなんだ、とシルヴァがいった。だからさ、とペレイラがこたえた。ぼくは自由でなければならないし、人々にただしい報道をつたえなければならない。きみの論理がわからないねえ、シルヴァがいった。おまえは政治原稿を書いてるわけじゃないだろう、おまえは文芸部員じゃないか。こんどはペレイラがフォークを置いて、テーブルにひじをつくと、いった。おまえこそ、ぼくのいうことをよくきけ。たとえば、あした、マリネッティが死ぬとする、マリネッティだ、わかるかい。漠然と、だがね、シルヴァがこたえた。そうか、ペレイラがいった。マリネッティは、ろくでなしさ。まず戦争讃美からはじめて、大量殺戮を擁護し、ファシストの「ローマ進軍」大デモに声援を送った。はっきりいって、マリネッティはろくでなしだ。じゃあ、おまえはイギリスにでも行けよ、シルヴァがいった。あそこなら、すきなだけ、なんだっていえるさ。読者もいっぱいいるだろう。ペレイラは、肉の最後のひと切れをほおばりながらいった。ぼくはもう寝るよ、イギリスは遠すぎる。デザートは？　シルヴァがたずねた、ぼくはケーキがひと切れほしいな。だめだ、甘いものは。食べちゃいけないんだよ、心臓の医者にとめられてる。それにきょうは旅行して疲れた。停車場に迎えにきてくれて、ありがとう。じゃあ、おやすみ。またあした、な。

それ以上はいわずに、ペレイラは立ちあがり、席をはなれた。ひどく疲れていた、と彼は供述している。

10

つぎの日、ペレイラは六時に目をさました。ルーム・サービスは七時からといわれていたにもかかわらず、しつこくたのんでコーヒーをブラックでもってこさせ、そのあと庭園を散歩した、と供述している。鉱泉療治場も七時開場だったから、ペレイラは七時きっかりに入口の鉄門のまえに立った。シルヴァも編集部長もいなかったし、いや、ほとんどだれもいなかったので、ペレイラはほっとした。まず、鉱泉をコップに二杯飲んでみると、卵の腐った臭いがして、ちょっと吐き気をもよおし、腹のなかが掻きまわされた感じだった。朝のはやい時間なのに、もう暑さはかなりで、彼は、つめたいレモネードが飲みたかったが、鉱泉とレモネードをまぜて飲むのもおかしい気がした。それで、鉱泉の療治場に行ってみると、服をぬいで、白いバスローブに着替えてください、といわれた。泥浴になさいますか、それとも吸入にしましょうか。受付の女の子がたずねた。両方、とペレイラはこたえた。彼が通されたのは、褐色の液体をいっぱいにたたえた大理石の浴槽のある部屋だった。ペレイラはバスローブをぬぐと、そのどろどろしたものに身を沈めた。泥はなまぬるかったが、気分は爽快だった。まもなく用務員ふうの男がはいってきて、どちらを揉みましょう、といった。ペレイラは、マッサージはいらない、ただ浸かるだけでいいんだ、なにもしてもらわなくて、けっこう、とこたえた。浴槽から出ると、つめたい水でシャワーを浴び、またバスローブにくるまると、吸入のための蒸気が噴水のように出ている、となりの部屋に進んだ。噴水ごとに数人がこれをとりまいてこしかけていて、ひじを大理石の台にのせ、噴きあげる熱気を吸っていた。ペレイラは空席をみつけて、こしかけた。深呼吸を何度か、数分くりかえすと、考えにふけった。モンテイロ・ロッシのことがあたまに浮かび、どういうものか、妻の写真を思い出した。妻の写真と最後に話をしたのは、もう二日もまえだった。どうして、ここにもって来なかったのだろう。そう思って、ペレイラは後悔した、という。立ちあがると、ロッカールームに行って、服を着ると、黒いネクタイをしめ、鉱泉施設を出て部屋にもどった。レストランをのぞくと、友人のシルヴァが山のような朝食——ブリオッシュとコーヒーの——をたいらげていた。さいわいなことに、部長はいなかった。ペレイラはシルヴァのそばに行くと、朝のあいさつをして、鉱泉治療をしたことを報告してから、いった。正午ぐらいにリスボン行きの列車がある、できたら停車場まで車で送ってくれないかな、だめだったら、ホテルのタクシーで行くよ。えっ、シルヴァがびっくりしてたずねた。もう帰るのか、せめて二日ぐらいは話相手がいると思って、愉しみにしていたのに。ごめん、ペレイラはうそをついた。晩にはリスボンに帰っていたいんだ。あした、だいじな原稿を一本書かなければならない。それに、からっぽの編集室をビルの管理人にまかせてきたのが気になってね。帰ったほうがいいみたいなのさ。そうか、好きなようにするさ、シルヴァがいった、送っていくよ。

停車場までの道、ふたりはなにも話さなかった。供述によると、ペレイラはシルヴァをおこらせたのではないかと気になった、という。だからといって、状況を好転させる努力もしなかったのだけれど。仕方ない、と彼は考えた。こんなものだろう。十一時十五分すぎごろに、ふたりが駅に着くと、汽車はもうホームに入っていた。シルヴァが大きくひらいた腕いっぱいに友人を抱きしめ、ペレイラは、品のいい婦人がひとり、本を読んでいる車室に入った。

エレガントな身なりをした、ブロンドの美しい女性で、片方の脚に義肢をつけていた。窓側の席で、そのひとはドイツ語の本を読んでいて、ペレイラは、邪魔にならないように通路側の席にかけた。本がトーマス・マンの作品だったことから、ペレイラは好奇心をそそられたが、最初はただ、失礼、といっただけだった。十一時三十分に汽車が動きはじめると、二、三分後にボーイが食堂車の予約をとりに来た。ペレイラはすぐに席をたのんだ。胃がおかしくて、なにか口に入れたかったからだ。長距離というわけではなかったが、リスボンに着くのは夜のおそい時間だったので、この暑いなかを、レストランを探して歩く気がしなかったのだ。

義足の女性も食堂車の席を予約した。ペレイラは、彼女が軽い外国なまりはあるものの、すじのいいポルトガル語を話すのに気がつくと、ますます好奇心にかられ、それもあって彼女を食事に招待する勇気がわいた、といっている。そこで彼は声をかけた。失礼ですが、奥様、あつかましいようですが、私たち、同じ列車に乗りあわせたわけで、あなたも食堂車を予約なさいましたね。よろしかったら、おなじテーブルにしていいでしょうか。おしゃべりをすれば、さびしさもまぎれるかと思いますし。ひとりで食事をするのは、うっとうしいものです。あ、自己紹介させてください、私はペレイラともうします。『リシュボア』新聞の文芸面を担当しています。ええ、リスボンの夕刊紙です。義足の婦人はうれしそうにほほえむと、手をさしのべて、いった。よろしく、インゲボルク・デルガドです。いまはドイツ人ですけれど、もとはポルトガル人でしたの。じぶんのルーツ探しにポルトガルに帰ってきましたのよ。ボーイが、食事の準備ができたのを知らせに、鈴を振って通った。ペレイラは立ちあがると、どうぞ、おさきに、とデルガド夫人に手で合図をした。供述によると、腕を貸す勇気はなかったそうだ。義足をつけた女性の気持を傷つけたくなかったからでもあったのだが。義肢なのに、デルガド夫人は軽い身のこなしで廊下に出ると、先に立って歩きはじめた。食堂車は彼らの客室から近かったので、あまり歩かずにすんだ。ふたりは列車の左側の列のテーブルをえらんだ。ペレイラはワイシャツのえりにナプキンをはさむと、そのことについて夫人にことわらなければいけないのではないか、と考えた。失礼いたします、彼はいった。食事のときいつもワイシャツをよごすので、家の掃除にきてくれる女性が、ちいさい子供だって、私よりましだというんです。いなかものみたいで、ごめんなさい。窓のそとには、中部ポルトガルのやさしい景色が流れていた。緑の丘、白い村々。ときにブドウ畑や、まるで風景を飾る点々のような農夫がみえた。ポルトガル、お好きですか。ペレイラがたずねた。好きですわ、でも、ながくはいられませんの。デルガド夫人がこたえた。コインブラの親類のところに行ってきましたのよ。じぶんのルーツは見つかりましたけれど、この国はわたくしとも、わたくしがその一員である民族とも、うまくいきません。いま、アメリカ大使館からビザがとどくのを待っているところなんです。まもなく、合衆国にむけて出発することになっています。いえ、そのつもりなのですけれど。そのとき、ある考えがひらめいて、ペレイラはたずねた。あなたはユダヤ人ですか。そうですわ、ユダヤ人ですわ。デルガド夫人はみとめた。だから、今日のヨーロッパは、とくにドイツは、わたくしたちの民族にとって、暮しにくい場所なんですよ。ここでだって、よく思われているわけではありませんし。新聞を見ればわかります。あなたがお仕事をなさっている新聞は、例外かもしれませんけれど。こんなにカトリックの国なのにねえ、もしかすると、カトリックでない人間にとって、ポルトガルはカトリックすぎるのかもしれないわねえ。わが国はカトリック国です。そうペレイラはいった、と供述している。ぼくもたしかにカトリックです。自分流のカトリックではありますが。残念なことに、そして、国にとって恥ずかしいことですが、昔はわが国でも宗教裁判がありました。でも、ぼくは、たとえば、ですね、肉体の復活は信じていません、信じないことになにか意味があるのか、それはわかりませんが。いったいなんのことか、おっしゃる意味がわかりませんわ、デルガド夫人がいった。でも、私には関係のないことなんでしょう。トーマス・マンの本をお読みですね、ペレイラがいった。大好きな作家のひとりです。あの人も、とデルガド夫人がいった。ドイツで起きつつあることがらについて、悲観的ですわ、よろこんでいるとは、とても思えません。ぼくだって、現在のポルトガルで起きていることを、よろこんではいませんよ。ペレイラは認めた。デルガド夫人はミネラル・ウォーターをひと口飲んでから、いった。じゃあ、なにかなされればいいのに。なにを、どうするんですか。ペレイラがいった。そうですねえ。デルガド夫人がいった。あなたは知識人でいらっしゃるから、いまヨーロッパでなにが起きているかを、はっきりおっしゃればいいのじゃないかしら。自由な、あなたのお考えを表明なさればいいのです。なにかなさればいいんですわ。供述によると、ペレイラは、いいたいことなら山ほどあると思った、という。彼の上には体制派の編集部長がいて、体制は警察と言論統制という武器をもっている、なにしろポルトガルでは、だれもみな口に猿ぐつわをはめられていて、自由に意見をいうことができないのだから、じぶんはロドリゴ・ダ・フォンセカ街のみすぼらしい小部屋で、喘息やみの扇風機を相手に、警察のまわし者らしい女管理人に監視されて毎日をすごしている、ペレイラは、そんなことのすべてを夫人にぶちまけたかった。だがそうはしないで、彼はこれだけいった。できるかぎりのことは、するつもりです。ただ、こんな国で私のようなものが、全力をつくすというのは容易ではありません。私などはトーマス・マンとは違って、とるに足りない夕刊紙の文芸面の編集長にすぎないのですから。有名作家の追悼記事を書くとか、十九世紀のフランス作家を訳すぐらいが関の山で、それ以上はとてもできません。わかりますわ。デルガド夫人はこたえた。でも、しようと思いさえすれば、なんだってできるのではないかしら。ペレイラは窓のそとを眺めて、ためいきをついた。もうヴィラ・フランカの近くまで来ていて、列車は、すでにくねくねとしたテージョの流れに沿っていた。なんてきれいなのだろう、ペレイラは思った。海と気候に愛された、この小さなポルトガル。それなのに、なにをするにも骨が折れる。彼は、いった。デルガドさん、もうヴィラ・フランカですから、あとすこしでリスボンに着きます。ここは誠実な労働者の街です、私たちもですが、労働者たちも彼らなりに、この小さな国で抵抗しています。沈黙の抵抗です。たぶん、ここにはトーマス・マンがいないからでしょう。でも、できるだけのことは、私たちだってしているんです。そろそろ、私たちの席にもどって、荷物をまとめたほうがいいかもしれません。お目にかかれて、お話できてうれしかったです。私の手を借りてくださいますか。いえ、お助けするというのではなくて、騎士ふうに、させていただきたいのです。ポルトガルの私たちは、まだまだ騎士ぶるのがすきなのですよ。

そういいながらペレイラが先に立つと、デルガド夫人に手をさしのべた。彼女はにっこり笑いながらそれを受け、せまいテーブルのあいだで、どうにか立ちあがった。ペレイラは勘定をすませ、硬貨をいくつかチップに残した。デルガド夫人に腕をあずけたまま、食堂車を出ると、なんとなくえらくなったような、それでいて、こまったような気持になった。でも、どうしてかは、はっきりわからなかった、とペレイラは供述している。

11

供述によると、つぎの火曜日、ペレイラが編集室に行くと、管理人のセレステに速達を手渡された、という。手渡しながら、彼女は、なにやら皮肉な口調でいった。ペレイラさんのご意向を郵便配達夫につたえたんですけれどねえ、これから区画をまわらなきゃなんないから、ここまで戻るわけにはいかないっていうんですよ。それでこの速達をわたしにあずけていったんです。ペレイラは封筒を受けとると、形式的にちょっと頭をさげてから、差出人の名があるかどうか確かめた。さいわい、なにも書いてなかった。セレステはあてがはずれたことになる。だが、空色のインクと、ふわふわ空を飛んでいるような字体から、差出人がモンテイロ・ロッシであるのは明らかだった。編集室にはいると、彼は扇風機をつけてから、手紙を開けた。「ペレイラ様、残念ながら、形勢かんばしくないこのごろです。お目にかかってお話したいことがあります。緊急に。でも、編集室にうかがうのはまずいので、火曜日の夜、八時半に、カフェ・オルキデアでお待ちしています。夕食をごいっしょできれば、ぼくの問題をお話したいです。お会いするのを愉しみに。あなたの、モンテイロ・ロッシ」

供述によるとペレイラは、一九二六年のリルケの死からちょうど十二年目の命日にあたるその日、コラム「きょうのこの日」のみじかい記事を書いた。それから、バルザックの短篇を訳しはじめた。彼がえらんだのは、『オノリーヌ』という悔恨について書いた短篇で、三、四回にわけて掲載するつもりだった。どうしてかわからないのだが、ペレイラには、悔恨についての物語であるその短篇が、いずれはだれかが海辺でひろいあげてくれる、手紙を入れたガラス瓶みたいなものに思えたのだ。というのも、悔い改めるべきことは山ほどあったから、悔恨についての話はどうみても必要だったし、それ以外に、理解できるかもしれない人にメッセージを送る手段はないように思えた。そこで彼はラルース辞典をかばんに入れると、扇風機を消して、家にむかった。

カテドラルのまえまでタクシーが来たころには、おそろしいほどの暑さになっていた。ペレイラはネクタイをはずしてポケットにいれた。家までの上り坂を息をきらせながらゆっくり登りきると、家の大扉を開けたところで踏み段にすわりこんだ。彼は肩で息をしていた。ポケットをさぐって、医者に処方された心臓の薬を探すと、そのまま飲みこんだ。汗を拭き、暗い大扉のうしろでしばらく涼んでから、じぶんの家に入った。彼の家の玄関番は、親類に会いにセッバルに行っていたから、ペレイラのためにはなにも準備ができてなかった。毎年のことだったが、九月までは帰ってこないはずだった。そのことが、ペレイラには淋しかった。ひとりになるのはいやだった、まったくひとりになって、だれも世話をしてくれないのは、いやだった。妻の写真のまえを通りかかったとき、彼はこう話しかけた。十分したら戻ってくるよ。そして、寝室に行くと、服をぬいで、水浴の準備をした。あまりつめたい水に入ってはいけないと心臓の医者にいわれていたのだけれど、彼は冷水がすきだった。浴槽に水がいっぱいになるのを待って、そのなかに浸った。水に浸っているあいだ、彼はながいこと腹をなでていた。それから、じぶんにむかって、いった。ペレイラよ、以前のおまえは、こんなみじめな暮しをしてはいなかったな。そして体をふくと、パジャマを着た。それから玄関に行って、妻の写真のまえに立つと、いった。今夜、モンテイロ・ロッシに会う。どうしてぼくは、あいつをクビにして、そのまま知らんぷりをしないのか、わからない。あいつはじぶんで問題をつくっておいて、それをぼくのせいにする。そこまではわかったのだが、きみはどう思う？　ぼくはどうすればいいのだろう。妻の写真は遠いところを見るような表情で、彼にほほえみかけた。わかったよ、ペレイラがいった。これから昼寝をして、そのあと、あいつがなにをぼくにたのみたいか、訊いてやることにしよう。そして、彼は寝室に行った。

供述によると、ペレイラはその午さがり、夢をみたという。なんともいえない、すばらしい夢で、夢のなかの彼は若かった。だが、どんな夢だったかはいいたくない、といっている。夢は他人に話してきかせるものではないからだと。ただ、夢のなかではしあわせいっぱいで、彼はコインブラの先の、北の海辺にいた。グランジャは冬で、あるひとがいっしょだったのだが、それがだれだったかは、いいたくない、という。機嫌よく目をさましたのは事実だ。彼は半袖のワイシャツにして、ネクタイはつけずに、そのかわり木綿の軽い上着を手にもっていくことにした。夕方になってもまだ暑かったが、さいわいなことに、風が涼しかった。はじめ、カフェ・オルキデアまで歩いていくつもりだったが、よく考えると無茶すぎる気もした。それでもパソ広場までは下りていくと、歩いているうちに気分がすっきりした。そこから路面電車に乗ると、アレシャンドレ・エルクラーノまで行った。カフェ・オルキデアは、ほとんど空っぽで、モンテイロ・ロッシのすがたもみえなかった。すこし早く着きすぎたのだ。ペレイラは屋内の席を探して、扇風機に近いテーブルをえらび、給仕のマヌエルがやってくると、レモネードをひとつ注文してから、たずねた。マヌエル、なにかニュースはないか。新聞社にいるあなたが知らなかったら、ペレイラさん、と給仕はあきれたようにいった。鉱泉場に行っていたものだから、ペレイラがいった。新聞を読んでないのさ。それに、新聞にはなにも出てないからな。人からじかにきくニュースがいちばんだ。それで、きみにたずねてるんだ、マヌエル。なにがなにやら、ペレイラさん、給仕はいった、なにがなにやら。そして行ってしまった。

そのときモンテイロ・ロッシが、いつものきまりわるそうな顔をして、注意深く周囲を見まわしながら入ってきた。ペレイラは、彼が白いえりのついた空色のきれいなワイシャツを着ているのに気づいた。ぼくが渡した金で買ったな、とペレイラは一瞬思ったが、そのことについて考えるひまもないうちに、モンテイロ・ロッシは彼に気づいて、こっちにやってきた。ふたりは握手した。まあ、かけなさい。ペレイラがいうと、モンテイロ・ロッシはテーブルについたが、なにもいわなかったので、まずペレイラがたずねた。なにか食べたいものがあるかい。ここじゃあ、香草入りのオムレツぐらいしか作ってくれない、それと海鮮サラダぐらいだ。それじゃあ、ぼくは香草入りオムレツを二人前です、モンテイロ・ロッシがいった、ごめんなさい、あつかましくて。でも、きょうは昼食べてないんです。ペレイラは香草入りオムレツを三人前たのんでから、いった。さあ、きみの問題をきこう、問題、といったのはきみだからね。モンテイロ・ロッシはひたいにかかった髪を手で上げたが、供述によると、そのやり方がペレイラには気になったという。はあ。モンテイロ・ロッシは声をひくめていった。ぼく、まずいことになってるんです、ペレイラさん、ほんとうです。給仕がオムレツをもってやってくると、モンテイロ・ロッシは話題を変えていった。ほんとうに暑いですねえ。そして、給仕がそこにいるあいだ、ふたりは天候の話をし、ペレイラはブサコの鉱泉場に行っていたことを話してから、いった。あそこの気候は、きみ、まったくいうことないよ、丘のうえだし、まわりには庭園の緑があるし。給仕がむこうに行ってしまうと、ペレイラがたずねた。それで？　ええっと、モンテイロ・ロッシはことばにつまった。どこからはじめていいのか、わかりません。ぼくの周辺がやばくなっている、これが事実です。ペレイラはじぶんのオムレツにナイフを入れると、いった。マルタのせいで？

どうして、こんなことをたずねたのだろう、とペレイラは思った。ほんとうに、マルタがこの青年の立場にわるい影響をあたえていると考えたのだろうか。彼女が、あまりにも自信たっぷりで小生意気で、すべてが変るべきだと考えているみたいだったからか。女の子が自信たっぷりでちょっと生意気で、思ったことをなんでも口にしていい、フランスやイギリスみたいな国にいるつもりに彼女がみえたからか。これについてペレイラは、いまも、はっきりとはこたえられないと供述しているのだが、そのときは、こうたずねた。マルタのせいか？　するとモンテイロ・ロッシはあいかわらず低い声でこたえた。ええ、まあ、そうですが。でも、といって彼女に罪をきせるわけにもいかないんです。あのひとにはじぶんなりの考えがあって、それもしっかりした考えです。それで？　ペレイラがつづけた。問題は、とモンテイロ・ロッシがいった。ぼくのいとこがやって来たんです。とくにゆゆしいとは思えないけれどね、ペレイラがこたえた。ぼくにだって、たくさんいとこがいるよ。ええ、モンテイロ・ロッシはひそひそ声でいった。ただ、ぼくのいとこはスペインから来たんです。旅団に属していて、志願兵として共和国軍側で戦っています。ポルトガルへは、国際旅団のためにポルトガル人の志願兵を募集しに来てるものですから、ぼくのうちに泊めるわけにはいきません。アルゼンチンの旅券をもっていて、それがまた一マイル離れたところから見ても、偽造だってわかるようなしろものです。どこに行かせればいいのか、どこに隠せばいいのか、わからないんです。ペレイラは背中に汗がひとすじ流れるのを感じたが、落着きをよそおい、オムレツを食べつづけながら、いった。それで？　それで、とモンテイロ・ロッシがこたえた。ペレイラさん、あなたにお世話していただきたいんです。あまり目立たない宿をみつけてくださいませんか、ヤミだってかまいません、泊まることさえできれば。ぼくの家には置けない、ぼくの家は、マルタのせいで警察がかぎつけるかもしれないものですから。もしかしたら、もう監視されているかもしれません。それで？　ペレイラが追及した。それで、あなたは、だれにも疑われていません、モンテイロ・ロッシがいった。いとこは数日間いるだけです。レジスタンスの連中と連絡がとれるまでで、そのあとは、スペインに帰ります。ペレイラさん、おねがいですからたすけてくださいませんか、いとこのために宿をみつけてやってください。

ペレイラはオムレツを食べおわり、給仕に目くばせして、もうひとつ、レモネードをもってこさせてから、口をひらいた。きみの無謀さにはあきれるなあ。きみがぼくにどういうことをさせようとしているか、考えてもみたまえ。おまけに、そんな家がみつかるかどうか。貸し部屋でもなんでもいいんです、モンテイロ・ロッシは必死だった。ペンションでもいいんです、身分証明とかなんとか、あまりうるさくいわないところ。お知合いの多いあなたなら、ごぞんじないはずはないでしょう。

知合いの多いぼくか、とペレイラは考えた。だが、たくさんいる自分の知己のなかで、この場合、これをたのむことのできる人間はひとりもいない、と。アントニオ神父は知合いだったが、こんな難題をおしつけるわけにはいかない。友人のシルヴァを知っていても、コインブラに住んでいるし、保証のかぎりではなかった。それに、ロドリゴ・フォンセカ街の管理人は、もしかしたら警察のまわしものかもしれなかった。そのとき、ふいに彼は、ジョルジュ城のうえのグラサ地区の小さなペンションのことを思い出した。アベックが人目を忍んで泊まりにいくような家で、身分証明書など見せなくてよかった。ペレイラがその場所を知っていたのは、ずっとまえ、友人のシルヴァに、人目につかない宿に部屋をとってほしい、とたのまれたことがあったからだ。リスボンのある婦人と一夜をすごしたいのだが、彼女のためにスキャンダルになっては困る、というのだった。ペレイラはそれでこういった。あしたの朝、なんとかしよう。だが、きみのいとこを編集室に来させないように。きみがいっしょに来てもまずい。管理人のことがあるからね。あすの朝、十一時にぼくの家に連れてきなさい。

住所はいまあげる。でも、たのむから電話はかけないように、そして、できればきみもいっしょのほうがいい。

どうしてペレイラはあんなことをいってしまったのか。モンテイロ・ロッシに同情したのか。鉱泉場に行って、友人のシルヴァの話しぶりに落胆したからか。汽車で出会ったデルガド夫人に、なにかできることをしなければ、といわれたからか。理由はわからない、とペレイラは供述している。彼に理解できたのは、まずいことに首をつっこんだ、ということで、彼は考えた。だれかの意見を聴くべきだ、と。だが、そんなだれかは、彼の周囲にはいなかったから、家に帰ったら妻の写真と話そうと思った。そして、そのとおりにした、と彼は供述している。

12

十一時きっかりに、入口のベルがはげしく鳴った、とペレイラは供述している。彼はその日、早く起きて食事をすませ、食堂のテーブルに、ガラスの水差に氷をいれたレモネードを用意しておいた。まずモンテイロ・ロッシがなにやらおびえた様子で入ってきて、小声であいさつをした。おはようございます。ペレイラは、変だな、という感じでドアを閉めてから、たずねた。いとこはどうしたの？来てます、モンテイロ・ロッシがこたえた。でも、いきなり入るのはどうも、といってぼくを様子を見に来させたんです。様子を見にだって？ペレイラは声をとがらせた。まるで泥棒ごっこのつもりかい。警察がなかで待ち伏せしているといけないから、きみを偵察に出したのだな。そんなこと、ペレイラさん、とんでもありません、モンテイロ・ロッシがいいわけをした。ただ、ぼくのいとこはひどく疑りぶかいものですから。むずかしい任務なので、かなり状況がきびしくて。アルゼンチンのパスポートだし、いつなにが起こるか予測がつかないんです。そのことは昨夜、きみからきいたね、ペレイラがこたえた。さあ、呼んでおいで。ばかげたまねはたくさんだ。モンテイロ・ロッシはドアを開けると、手でお入り、という仕草をしながら、イタリア語でいった。おいでよ、ブルーノ。だいじょうぶだ。

小柄な痩せた男がはいってきた。髪をみじかく刈っていて、ブロンドの口ひげをはやし、空色のジャケットを着ていた。ペレイラさん、モンテイロ・ロッシがいった。ぼくのいとこのブルーノ・ロッシをご紹介します、でもパスポートの名は、ブルーノ・ルゴーネスです。ふだんはルゴーネスと呼んでもらっていいです。何語を話すのかな、ペレイラがたずねた。いとこさんはポルトガル語がわかるのかしら。だめです、とモンテイロ・ロッシがいった。でも、スペイン語ならだいじょうぶです。

ペレイラはふたりを食堂に通して、レモネードをすすめた。ブルーノ・ロッシといわれた男はなにもいわずに、疑いぶかそうにあたりを眺めまわしていた。遠くで救急車の音がきこえると、ブルーノ・ロッシはからだを固くして、窓のところに行った。安心するようにいってやりなさい、ペレイラがモンテイロ・ロッシにいった。スペインじゃあるまいし、市民戦争の最中というわけじゃない。ブルーノ・ロッシは席にもどると、スペイン語でいった。ごめいわくかけてすみません《ペルドネ・ラ・モレスティア、》。私は共和国軍《ペロ・エストイ・》の主義のために、こちらに来たんです《アキ・ポル・ラ・カウサ・レプブリカーナ》。ルゴーネスさん、とペレイラはポルトガル語でいった。わかるように、ゆっくり話します。私にとって、共和主義だろうが、王制のためだろうが、関係ありません。私は夕刊新聞の文芸面を担当していて、私の視野に政治は存在しません。私はあなたに安全な宿を見つけてあげる以上のことはなにもしてさしあげられませんから、あとで私を呼び出したりなさらないように。いいですか、私はあなたとは関係ないし、あなたの思想とも、かかわりはない。ブルーノ・ロッシはいとこのほうを向くと、イタリア語でいった。ぼくに話してくれたのと、ちがうじゃないか。同志だと思っていたのに。ペレイラは意味がわかったので、いった。私はだれの同志でもありません。私はひとり暮しで、満足しています。私の同志は私自身だけです。わかってもらえますね、ルゴーネスさん、そう、これがパスポートの名なんでしょう。もちろんです、モンテイロ・ロッシがどもりそうになりながら、口をはさんだ。でも、ほんとういって、ええ、ぼくたちはあなたのご助力とご理解が必要なんです。ぼくたちは資金がないものですから。それだけでは、なんのことかわからない、ペレイラがいった。はあ、もし、宿賃の前払いを請求されたら、こいつは金をもってないので、払えません。いや、こんどだけです。あとは、ぼくが責任をもちますから、いや、マルタが責任をとります。ただ、貸していただくだけです。

ペレイラは立ちあがって、わるいけど、ちょっと待ってくれ、といった。ひとりになって、しばらく考える時間がほしい。そういうと、ペレイラは、ふたりを食堂においたまま、入口の間に行って、妻の写真のまえで立ちどまると、こう話しかけた。どうだろう。ぼくが気になるのは、ルゴーネスのことよりも、マルタだ。どれもこれも、みんなあいつのせいだ。マルタかい？　あの赤毛の娘で、モンテイロ・ロッシのガールフレンドだが、きみに話しただろう。うん、あの子がモンテイロ・ロッシをひきずりこんだに違いない。ぜったいそうだよ。あの子のことが彼は好きなんだ。ぼくが注意してやるべきだろうか、そう思わないかい？　写真の妻がうっすらとほほえんでいるように見えたので、ペレイラは彼女の気持がわかるような気がした。それで食堂に戻ると、モンテイロ・ロッシにたずねた。どうして、マルタなんだ？　マルタがいったい、これとなんの関係があるんだ。いや、それは、とモンテイロ・ロッシは頰を染めて口ごもった。マルタは金があるからです。それだけです。いいかい、モンテイロ・ロッシ君、ペレイラがいった。美女がひとりいて、きみは彼女のために厄介なことになっている。だが、いいかい、ぼくはきみの父親でもないし、父親ぶって、きみに温情主義だなんだといわせるつもりもない。ただ、ひとつだけいっておきたいことがある。慎重に行動してほしい。慎重ですとも、モンテイロ・ロッシがいった。でも、お金は貸していただけるのでしょうか。それはまた別の話だ。それにしても、どうしてぼくが貸さなければならないのかなあ。するとモンテイロ・ロッシは、ポケットから折りたたんだ紙きれをとりだしながら、いった。ペレイラさん、ぼく、これを書いてきました。来週にはまた二本、出します。作家の命日に掲載する記事の原稿です。きょうのはダンヌンツィオです。おっしゃったように、こんどは、心も、あたまも使って書きました。あとの二本は、お望みどおり、カトリック作家にします。

ペレイラは、そのときもういちど、むっとした、と供述している。それで、こうこたえた。いいかい、ぼくはなにも無理にカトリック作家について書けといっているんじゃない。でも、きみは死のテーマで論文を書いたぐらいなんだから、そのことについて思索した作家、すくなくとも、人間のたましいに興味をいだいた作家について書いたってよさそうなものじゃないか。それを、ダンヌンツィオみたいに、現世主義の人間について書いてきたりする。たしかに、詩人としてはすぐれていたかもしれないが、生涯を軽薄なことに使い果たした彼のような人物、わかってくれるかい、わが社はああいった軽薄な人間は歓迎しない、いや、ぼくが歓迎しない、といったほうが、ただしいかもしれない。あなたがおっしゃりたいことは、よくわかりました、とモンテイロ・ロッシがいった。それはよかった、とペレイラはほっとして、つけくわえた。では、ペンションに案内しよう。うるさいことをいわないペンションがグラサの辺にある。要求されたら、ぼくが前金を払っておこう。だが、いいね、あとすくなくとも二本、追悼原稿を出してくれ、モンテイロ・ロッシ君、これは二週間分のきみの給料だ。ちょっと待ってください、とモンテイロ・ロッシがいった。ダンヌンツィオの原稿を書いたのは、先週の土曜日、『リシュボア』新聞を買って、「きょうのこの日」のコラムを読んだからです。あのコラムには署名がありませんでしたが、ペレイラさん、あなたが書かれたんでしょう。できれば、ぼくお手伝いします、こういったコラムを書くのは好きなんです。書きたい作家は山ほどいますし、それに、署名なしですから、あなたにご迷惑かけるようなこともありません。どうしてだ？　きみはなにか問題を起こしたのかい。ペレイラはそうたずねたと供述している。モンテイロ・ロッシがこたえた。まあね、すこしですけれど、ごらんのとおりです。でも、本名で具合がわるいといけないと思って、偽名も考えておきました。ロクシーはどうでしょう。いい名かもしれない、ペレイラはいうと、テーブルのうえに置いてあったレモネードの水差を冷蔵庫に入れ、上着に手を通しながら、いった。じゃ、出かけようか。

三人がそとに出ると、建物のまえの小さい広場のベンチで兵隊がひとり、横になって寝ていた。ペレイラは、とても歩いて坂を登れないと思ったので、タクシーを待つことにした。涼しい風はぱったりやんでいて、太陽が照りつけていた。のろのろと一台のタクシーが通りかかったのをペレイラが手を上げてとめた。目的地に着くまで、だれも口をきかなかった。ちっちゃな聖堂を守るように立っている花崗岩の十字架のまえで三人は降りた。ペレイラは、モンテイロ・ロッシに外で待つようにいってから、ブルーノ・ロッシを連れてペンションに入り、受付のカウンターのうしろで居眠りをしていた老人に彼をひきあわせた。アルゼンチンから来た友人だ。ブルーノ・ルゴーネスさん。はい、これがパスポート。だが、匿名で泊まりたいそうだ。ロマンスだよ。老人はめがねをはずすと、台帳のページを繰った。今朝、どなたかから部屋をとってほしいと電話をもらいましたが、お客さんですか。うん、わたしだ。ペレイラがいった。じゃあ、と老人がいった。ダブルで風呂なしの部屋が空いてますが、お気に召しますか。完璧だ、ペレイラがいった。前払いでおねがいしています、おわかりですね。老人の言葉に、ペレイラは紙入れを出すと、札を二枚、取り出した。じゃあ、三日分、払っておこう。ぼくはこれで失礼する。彼はブルーノ・ロッシにもあいさつをしたが、ひどく親しいようにみえるのもいやだったから、握手は遠慮して、いった。じゃあ、ごゆっくり。

そとに出ると、噴水のふちに腰かけて待っていたモンテイロ・ロッシのまえで、たちどまった。あした、編集室に寄ってくれないか、今日中にきみの書いたものを読んでおこう、話もしなければならないし。でも、ほんとうは、ぼく、とモンテイロ・ロッシが口ごもった。ほんとうは、なんだ。ペレイラがたずねた。あのう、これからは、もっとしずかな場所でお会いしたほうがいいような気がするのですが。たとえば、お宅でとか。いいだろう、ペレイラがこたえた。だが、うちはだめだ。うちを使うのは、これでおしまいだ。あした、一時にカフェ・オルキデアで会うことにしよう。いいかな。けっこうです。モンテイロ・ロッシがこたえた。一時にカフェ・オルキデアで。ペレイラは彼に握手してさよなら、といってから考えた。こんどは下り坂ばかりだから、歩いて家に帰ろう。すばらしい天気の日で、さいわいにも大西洋の微風が吹きはじめていた。だが、ペレイラは天気をよろこんで味わう気にはなれなかった。なにやら不安で、だれかと話したい気がした。アントニオ神父ならいいかもしれないのだが、神父は受持ちの病人たちを見舞うのに手いっぱいだった。そんなわけで、彼は、妻の写真と話すことにして、上着をぬぐと、ゆっくり家にむかった、と供述している。

13

供述によると、ペレイラはその夜バルザックの『オノリーヌ』の抄訳を終えたという。骨の折れる仕事だったが、終った時点では、けっこうなめらかな訳にできあがったと彼は思った。朝の六時から九時までの三時間寝て、床をはなれ、冷水シャワーを浴びたあと、コーヒーを飲むと、ペレイラは編集室に行った。階段で出会った管理人は、むっとした表情で、あたまをちょっと下げただけだった。それでもペレイラは小声で、おはようといって、部屋に入り、机のまえにすわると、かかりつけの医者のコスタ博士の電話番号をまわした。もしもし、先生でしょうか、ペレイラです、ペレイラがいった。ああ、その後どうですか、コスタ博士がたずねた。数キロふえたようです。息ぎれがして坂が登れないし、散歩すると、心臓が口からとびだしそうです。ペレイラさん、コスタ博士がいった。私は一週に一回、パレーデの海洋療法クリニックに診察に行くのですが、あなたもしばらく、あそこに入院されてはどうですか。入院って、なんのために、ペレイラがきいた。いや、パレーデのクリニックにはちゃんとした医師がいて、監督しているんですよ。リューマチや心臓病も自然療法でなおしています。海草浴とか、マッサージなどの、痩身療法です。フランスで勉強した、優秀な医者がいるんです。あなたは、医者の監視下ですこし休息されたほうがよさそうですよ。ペレイラさん、パレーデのクリニックは、まさにあなたにぴったりだ。よかったら、あしたからでも部屋を予約してあげましょう。海の見える清潔できれいな部屋です。健康な生活、海草浴、海洋療法。そして、わたしが一度は行って診察しましょう。結核患者も何人か入院してはいますが、その人たちは別の病棟に隔離されてますから、伝染の危険はない。あ、そのことでしたら、とペレイラがいった、ぼくは結核はこわくありませんよ。ながいこと結核患者といっしょに暮らしたけれど、あの病気はぼくにはうつらないんです。でも、ぼくが心配するのは、そんなことではありません。新聞の文芸面をまかされていて、編集室を空けるわけにいかないんです。いいですか、ペレイラさん。コスタ博士がいった。いいですか、パレーデはリスボンとカシュカイシュの中間ですから、ここから十キロそこその場所です。あなたがパレーデで原稿を書かれたら、毎朝、病院の職員がそれをリスボンに持ってきてくれます。それに、あなたの文芸面というのは、週に一回しか出ないのでしょう？　それなら、二本、まえもって記事を書いておけば、二週間分のページができますね。いわせていただきますが、健康は文化より大切ですよ。それはもう。ペレイラはそうこたえるほかなかった。それでも、二週間は長すぎます。一週間、休めればじゅうぶんです。それでも休まないよりはいいでしょう、というのがコスタ博士の結論だった。しぶしぶではあったが、ペレイラはパレーデの海洋療法クリニックで一週間すごすことを承諾し、翌日から部屋をとるというコスタ博士の提案を呑んだ。ただ、筋をとおすために、まず編集部長の許可を得なければ、と医師にいうのを忘れなかった。受話器を置くと、ペレイラは印刷所の番号をまわした。二、三回にわけて掲載するバルザックの短篇があるのだが、それを載せさえすれば、数週間は文芸面はなにもしなくていい。そう彼はいった。では、と印刷工はたずねた。「きょうのこの日」コラムはどうしましょう。記念日原稿はいまのところ休むよ、ペレイラがいった。ですから、編集室に原稿を取りに来ないでください。きょうの午後はいないし。あなたの名を書いた封筒をカフェ・オルキデアにあずけておくから。そう、ユダヤ人の肉屋のすぐそばだ。つぎに、ペレイラは、交換台を呼び出して、交換手にブサコの鉱泉場につないでほしいとたのんだ。『リシュボア』新聞の編集部長に出てもらってください、と彼はたのんだ。部長さんは、いま庭園で日光浴をしておいでです、交換手がいった。お呼びしてよろしいのでしょうか。だいじょうぶだとも。ペレイラは自信たっぷりにいった。文芸面編集長からの電話だといえばいい。まもなく部長が電話に出た。もしもし、こちら編集部長。ペレイラがいった。部長、お電話したのは、私がパレーデの海洋療法クリニックに入院することにしたからです。心臓病があまりよくないので、医者に薦められたものですから。バルザックの短篇を抄訳しましたので、あと二、三回分は私がいなくてもだいじょうぶです。行ってよろしいでしょうか。新聞はどうなるのだ、編集部長がたずねた。いまもうしあげたように、ここ二、三週間はだいじょうぶです、ペレイラがいった。それに、私が行くのは、リスボンから目と鼻の先のところです。もちろん、病院の電話番号は置いていきますし、もし、なにか事件が起これば、編集室に飛んで帰ります。見習いはなにをしているんだ？　編集部長がたずねた。きみの仕事を見習いにまかせて行くわけにいかないのかね。それはやめたほうが、とペレイラがこたえた。これまでに追悼文の原稿を何本か書かせたのですが、使えますかどうか。もし、だれか重要な作家が死ぬようなことでもあれば、わたしが書きます。わかった。じゃあ、一週間、治療に専念したまえ。ペレイラ君、考えてみれば社にはデスクもいることだし、なにか問題がおきたら彼がひきうけてくれるだろう。それでは、とペレイラがいった。このあいだお目にかかったご婦人にも、どうぞよろしくお伝えください。ペレイラが受話器を置いて時計を見ると、もう、そろそろカフェ・オルキデアに行く時間だったが、そのまえに、前夜、読む時間がなかったダンヌンツィオの追悼原稿を読んでおきたかった。ペレイラはいまもこの原稿を持っているから、証拠として提出できるはずだ。原稿はこんなふうに始まっていた。「五か月まえの一九三八年三月一日、ガブリエーレ・ダンヌンツィオ氏が他界。当時、本紙には文芸面がなかったが、今回ようやくこれについて書く機会がおとずれた。ガブリエーレ・ダンヌンツィオは偉大な詩人だったが、彼の本名はたしか、ラパニェッタという変った名字だった。ダンヌンツィオのただしい評価はなかなかむずかしい、というのも彼の作品はまだ執筆されてから時間も経っていないし、われわれが彼の同時代人であるからだ。そこで芸術家としてと、人間としての両面から彼を論じたい。ダンヌンツィオは、なによりも偉大な詩人であった。彼は、奢侈を、世俗を、美辞麗句を、行動を愛した。また、彼は偉大なデカダン詩人であり、倫理秩序の破壊者であって、病的趣味におぼれ、エロチシズムにふけった。ドイツの哲学者ニーチェから超人の概念を借りたが、模倣不可能な人生の万華鏡をつくりあげるべき美学を、ディレッタント的な理想による権力への意志のビジョンに堕落させてしまった。大戦中は旧領土返還を叫んで、民族間の平和に頑強な反対をもって対した。また一九一八年には飛行機でウィーン上空に侵入し、イタリア側の宣伝ビラを撒いた。このことからもわかるように、戦闘的、挑発的な冒険の活動的な率先者であった。戦後はフィウメ市奪回計画を組織したが、イタリア軍に排除された後は、北伊ガルドーネに建てた別荘ヴィットリアーレに引退した。晩年は、虚無的な恋愛やくだらない恋のかけひきに身をこがし、放埒でデカダンな生活にあけくれた。彼はまた、ファシズムと戦争に好意的だった。詩人フェルナンド・ペソアは彼のことを「大ぼらの独奏者」と名づけたが、けだし名言ではなかったか。われわれに聞こえてくる彼の声は、じっさい、繊細なヴァイオリンの音からはほど遠く、管楽器の喧噪にみちた音、それも高音で他を圧するラッパの音にほかならない。非模範的な生涯、大言壮語の詩人、影の多い、妥協にみちた人間であったといえる。断じて模範とすべきではなく、そのために記憶されるべきであろう。ロクシー」

ペレイラは考えた。これはとても使えない、とんでもないしろものだぞ。そこで「追悼文原稿」のファイルを出すと、それをはさみこんだ。どうしてそんなことをしたのかは、記憶にない。屑籠に捨ててもよかったのに、彼はそれを保存した。それから、彼を襲った怒りをしずめるために、編集室を出ることにして、カフェ・オルキデアの方角に歩き出した。

供述によると、ペレイラがカフェに着いたとたん、視界にとびこんできたのは、マルタの赤毛だったという。彼女は扇風機に近い隈のテーブルに、入口に背をむけてすわっていた。アルジェリア広場で夜、会ったときとおなじ、背中で交差したたすきのついた服を着ていた。やさしい、プロポーションのいい、完璧な、すばらしい肩だ、とペレイラはマルタのうしろ姿をみて思った、といっている。あら、ペレイラさん。マルタはごく自然にいった。モンテイロ・ロッシがきょうは来られないので、私が代りに来ましたの。

ペレイラはテーブルにつくと、食前酒をいっぱい飲みませんか、とマルタにたずねた。それでは、ポルトのドライをいただきます、とマルタがいった。ペレイラは給仕をよんで、ポルトのドライをふたつ注文した。アルコールは禁じられていたが、どうせ、明日から海洋療法クリニックに行って、一週間もダイエットをするのだから、と思った。給仕がむこうに行ってしまうと、それで？　とペレイラはたずねた。それで、とマルタがおなじことをくりかえしてから、いった。いまは、だれにとってもやりにくい時期みたいです、たぶん。あのひとはアレンテージョ地方に行っていて、しばらくはあっちに滞在することになっています。ええ、当面はリスボンから離れているほうがいいんです。では、あいつのいとこはどうなるんですか。ペレイラが口をすべらせると、マルタは彼をじっと見てほほえんだ。モンテイロ・ロッシとあの人のいとこが、あなたにたいへんご親切にしていただいたのは知ってますわ、ペレイラさん、ほんとうにあなたはすてきでした。私たちの仲間になってくださるといいくらい。供述によると、ペレイラはすこしあたまにきたので上着をぬいだという。おじょうさん、と彼はいった。よくきいてください、ぼくは、あなたたちの仲間でもないし、彼らの仲間でもありません。ぼくは、ただ、じぶんの考えに沿って行動しているつもりです。それに、あなたの仲間というのがだれなのか知らないし、知りたくもない。ぼくはジャーナリストで、文芸が専門だから、バルザックの短篇小説を訳し終えたばかりです。あなたがたのやってることなど、知りたくもない、社会部の記者じゃありませんからね。するとマルタが、ポルトをひとくち飲んでから、いった。私たちだって、三面記事のたねを追ってあるいているわけじゃありませんわ、ペレイラさん。これだけはわかっていただきたいんです。私たちは歴史を生きているんです。こんどはペレイラがポルトを空けて、いった。いいですか、おじょうさん。歴史なんて、ずいぶん大げさな言葉だ。ぼくだって、ヴィーコやヘーゲルを読んだ時代がありますよ。かんたんに手なずけるわけにいかない猛獣ですよ、歴史は。でも、とマルタがつっかかってきた。マルクスは、ペレイラさん、読んでないでしょう。読んでないね、ペレイラがいった。興味がないから。ヘーゲル学派にだって、ぼくはうんざりしているし。ちょっと、ぼくのいうことをきいてください。ぼくが最初からいっていることを、もういちどここでいわせてもらいます。ぼくが興味をもっているのは、じぶんのこと、それに文化について、これがぼくの世界です。それじゃあ、個人主義のアナーキスト、ですか、マルタがたずねた。そのあたりを、とペレイラがいった、ぼくはうかがいたかったんです。あなたはどういう意味で、いまの言葉を使いました？　あら、とマルタがいった。個人主義のアナーキストの意味がわからないなんて、おっしゃらないで。スペインにはそういった連中がうじゃうじゃいます。個人主義のアナーキストはこのところずいぶんもてはやされていて、なかには英雄的な行動に出る連中もいます。ほんとうは、もうすこし整然と行動してくれればいいんですけれど。すくなくとも私はそう考えていますが。マルタさん、ペレイラがいった。

いいですか、ぼくがこのカフェまでやってきたのは、政治の話をするためではありません。政治に興味がないことは、すでにお話ししたとおりで、ぼくは文化が専門ですから。ぼくはモンテイロ・ロッシと会う約束をしたのに、あなたが現れて、あの人はアレンテージョに行ってしまったとおっしゃる。いったい、アレンテージョ地方などになにをしに行ったんですか。

マルタは給仕を探すような目つきで周囲を見まわして、いった。なにか食べるものをたのみませんか？　わたしは、もうひとり、三時に人と会う約束があるんです。ペレイラはマヌエルを呼んだ。香草入りのオムレツをふたつたのむと、ペレイラはもういちどマルタにいった。それじゃあ、モンテイロ・ロッシはアレンテージョになにをしに行ったんですか。いとこについて行ったんです、マルタがこたえた。そういう命令がとつぜん届いたものですから。スペインに行って戦いたい、という人があの地方にはたくさんいるんです。あそこには、あなたみたいな、個人主義のアナーキストもたくさんいますわ、ペレイラさん。するべき仕事はいっぱいあります。結論からいうと、モンテイロ・ロッシがアレンテージョに行ったのは、いとこを案内するためで、あの地方では志願兵になりたい人が集めやすいからです。ほほう、ペレイラがいった。では、ぼくが募集の成功を祈っているとお伝えくださってけっこうです。給仕がオムレツをもってきたので、ふたりは食べはじめた。ペレイラはワイシャツのえりにナプキンをつっこむと、オムレツをひと切れ口に運びながら、いった。マルタさん、ぼくは、あしたから、カシュカイシュの近くにある海洋療法のクリニックに行きます。ちょっと体調をくずしていましてね。モンテイロ・ロッシに伝えてください。彼の書いたダンヌンツィオの原稿はまったく使えないと。いずれにせよ、クリニックの電話番号はあなたに伝えておきましょう、一週間は入院することになっていますから。電話をもらうのにいちばんいいのは、食事の時間です。さあ、こんどはあなたがモンテイロ・ロッシの居場所を教える番です。マルタは声をひくめていった。今晩、ポルタレグレの友人の家に来ます。でも住所はさしあげないほうがいいです。どうせ、一時的にしかそこにいませんし、あっちでひと晩、こっちでひと晩といったふうですから。アレンテージョ地方であっちこっちに行かなければなりませんし。いずれ、あの人のほうからご連絡すると思います。わかった、そういいながら、ペレイラはじぶんの名刺をさしだした。これが、ぼくの電話番号です。パレーデの海洋療法クリニックの。それでは失礼いたします、ペレイラさん。マルタがいった。人に会う約束があって、それがリスボン市のむこう側なものですから。

ペレイラは腰を浮かして彼女にあいさつした。マルタは歩きだしながら、むぎわら帽子をかぶった。外に出てゆく彼女を目で見送っていたペレイラは、太陽の光のなかにくっきりと刻まれた彼女のシルエットの美しさに心をうばわれた。どうしてか理由がわからないまま、彼はほっとして、ほとんど快活になっていた。それでマヌエルに手まねきをすると、マヌエルが大いそぎでやってきて、たずねた。食後酒をもってきましょうか。ひどく暑い午後だったので、ペレイラはのどが乾いていた。一瞬、考えてから、レモネードをひとつ注文した。うんとつめたくしてほしいな、氷をいっぱいいれて。供述によるとペレイラはそうたのんだ、という。

14

つぎの朝、ペレイラは早起きしたと供述している。コーヒーを飲んでから、小さなかばんに身のまわり品をつめ、ついでにアルフォンス・ドーデの『月曜物語』をしのびこませた。もしかしたら、数日は滞在をのばせるかもしれない。考えれば考えるほど、ドーデは『リシュボア』新聞に載せるのがぴったりな作家に思えた。

玄関の間に行くと、妻の写真のまえで立ちどまって、いつものように話しかけた。きのう、マルタに会ったよ。モンテイロ・ロッシのガールフレンドだ。あの子たちは、なにやらまずいことに首をつっこんでいるらしい。もちろん、ぼくには関係のないことだけどね。ぼくは一週間、海洋療法に行くことになった。コスタ先生にいわれたからだが、どうせリスボンにいても暑くて息がつまる。バルザックの『オノリーヌ』を訳したよ。きょうの午前中に出発する。カイシュ・デ・ソドレ駅から汽車に乗るが、きみもいっしょに連れてくよ、ごめん。そういいながら、彼は写真立てをとりあげ、かばんに入れた。顔がうえになるように気をつけたのは、死ぬまぎわまで、妻は息が苦しいといいつづけたからで、写真になったいまも、楽にさせてやりたかった。それから大聖堂わきの小さい広場まで歩いて降りると、タクシーを待って、駅まで行ってくれとたのんだ。駅前の広場でタクシーを降り、カイシュ・デ・ソドレのブリティッシュ・バーでなにか飲もうと思った。文学関係の人間がよく立ち寄る場所だったから、だれかに会えるかもしれない、そう彼は考えたからだ。なかに入ると、ペレイラは隅のほうのテーブルをえらんだ。思ったとおり、すぐ近くのテーブルに、小説家のアキリーノ・リベイロが、前衛派のイラストレーター、ベルナルド・マルケシュといっしょに食事をしていた。マルケシュは、ポルトガル・モダニズムの一流雑誌のイラストを手がけた男だ。おはようございます、ペレイラがいうと、彼らはかるく頭をさげてあいさつを返した。ペレイラは、ふたりのいるテーブルに行って、きのう、ダンヌンツィオについてひどく否定的な原稿がとどいたのですが、あの人のことをどうお考えですか、とたずねてみたかった。だが、ふたりの芸術家はなにやら熱心に話しあっていて、ペレイラは邪魔をする気になれなかった。ベルナルド・マルケシュは、もうこれ以上イラストの仕事をつづけたくないといい、リベイロは、外国に行くつもりだといっているのがわかった。それを聞いて、ペレイラはなにやらがっかりしたと、供述している。というのも、彼らほどの作家が祖国を捨てるとは思っていなかったからだ。持ってこられたレモネードを飲みながら、アサリに舌つづみをうっているペレイラのところまで、彼らの話は切れぎれにきこえてきた。行けるとすれば、パリしかない、とアキリーノ・リベイロがいった。すると、ベルナルド・マルケシュがうなずいて、いった。いくつかの雑誌からイラストをたのまれたが、ぼくは絵をかく意欲をすっかりなくした。こんなひどい国にいるかぎり、もはやだれとも協力しないほうがいい。アサリをたいらげ、レモネードを飲みほすと、ペレイラは立ちあがって、ふたりの芸術家のテーブルのまえで立ちどまって、いった。私は、『リシュボア』新聞の文芸担当のペレイラです。ポルトガル人すべてが、みなさんのような芸術家を誇りに思っています。おふたりは、わたしたちにとって、なくてはならない方たちです。では、どうぞ、ごゆっくり。

目がくらくらするような昼の光のなかに出ると、ペレイラは駅に急いだ。パレーデまで切符を買い、駅員にどれぐらい時間がかかるかとたずねた。そんなにはかかりませんよ、といわれて、ペレイラは満足した。旅客のほとんどは、休暇に出る人たちだった。ペレイラは進行方向にむかって左側に席をとった。海を見たかったからだ。車内には、昼のさなかという時間のせいもあって、ほとんどだれもいなかったから、ペレイラはその席にすわったのだが、南側だったので、目に陽が直接あたらないようにカーテンをすこし下げてから、海を見た。彼はそのとき、じぶんの人生をふりかえって考えたのだが、それについては、話したくないといっている。それよりも、海が穏やかだったこと、そして浜辺には海水浴をしている人たちがいるのが見えたことを、供述したいといっている。海水浴をしなくなってどれぐらいになるだろう、ペレイラは考えたが、まるで何世紀も経った気がした。彼は、コインブラにいたころの学生時代を思い出した。近くのオポルトやグランジャなど、ときには賭博場やクラブのあるエスピーニョの海岸などによく行った。北国の海岸だから、水はひどくつめたかった。海なら彼はどこまでだって泳ぐことができたが、仲間の大学生たちはみんな、ふるえながら浜辺で彼を待っていた。やがて、着替えると、しゃれたジャケットなどを着て、クラブに行くと玉突をした。彼らは賛嘆の目で見られて、支配人は、あ、コインブラの学生さんですね、と鄭重にあつかってくれたばかりか、彼らにいちばんいい台をあてがってくれた。

汽車がサント・アマーロを通ったとき、ペレイラはわれにかえった。弓なりに曲った美しい海岸には、白とブルーの縞の帆布でつくった小屋が並んでいた。汽車がとまると、ペレイラは一瞬、降りて海水浴をしたくなった。どうせ、つぎの汽車に乗ればいい。たまらない誘惑だった。どうして、そんな衝動を感じたのか、ペレイラには説明ができないという。もしかしたら、コインブラ時代や、グランジャの海岸がなつかしかったからなのか。小さな旅行かばんを手にもつと、彼は汽車を降りて、海岸につづく地下道をぬけた。砂浜に出ると、靴と靴下をぬいで、そのまま歩いて行った。片手にかばんを持ち、もういっぽうの手に靴をぶらさげて。海水浴場の水難監視員がいた。若い男で、デッキチェアに横になって海水浴客を見張っていた。ペレイラはすぐそばまで行って、海水着と脱衣場を借りたいのだがといった。監視員はうさんくさそうに彼を頭から足までじろじろ見て、つぶやいた。お客さんの寸法の水着があるかなあ。じゃ、倉庫の鍵をあげるから。脱衣場は、いちばん大きい小屋、一番って番号がついてるよ。それから、ペレイラには皮肉にとれた調子でたずねた。浮き輪もほしいかい？　ぼくは水泳がとくいなんだ、ペレイラはこたえた。もしかしたら、あんたよりずっとうまいかもしれないぞ、心配は無用だね。倉庫の鍵と脱衣場の鍵をもらうと、彼は歩きだした。倉庫にはけっこういろいろなものがあった。ブイ、空気をぬいた浮き輪、コルクの玉がいっぱいついた漁網、そして水着。彼は、腹の部分がかくれるオールド・ファッションの水着を探した。やっと見つけたのを、着てみた。少々きついうえに、ウール地だったが、まあこんなところだろうと思った。旅行かばんとぬいだ服を脱衣室に置いて、ペレイラは浜辺をよこぎった。波うちぎわでボール遊びをしている若者の一団があったので、彼はそこを避けた。そっと水に入ると、水がまわりからひたひたとからだを抱擁してくれるのを待った。やがて、へその高さまで水に浸かると、頭から水にとびこんで、緩慢な、抑制のきいたクロールで泳ぎはじめた。彼はブイのところまで、時間をかけて泳いだ。そして救命ブイにつかまると、息切れがして、心臓がくるったようにどきどきするのを感じた。おれは気がへんになったのじゃないかしらん、彼は考えた。泳がなくなってずいぶん長いのもいいとこなのに、まるでスポーツマンみたいに、水にとびこんだりする。ブイにつかまってしばらく休んだあと、彼は土左衛門泳ぎをしてからだを浮かせた。彼の顔のうえにある空は、獰猛なほど青かった。ひと息つくと、ペレイラはもういちど、しずかに身を沈め、ゆっくりと腕で水を切りはじめた。海水浴場監視員のそばをとおったとき、彼はちょっと復讐したくなった。そこで、彼は、監視員に声をかけた。浮き輪はいらないっていっただろ。そして、いった。エストリル行きのこんどの汽車はいつだったかなあ。監視員は腕時計を見ていった。あと十五分です。よおし、ペレイラがいった。着替えに行くから、あっちで待っていてくれたまえ。時間があまりないから、お代はすぐはらうよ。ペレイラは脱衣場に行くと服に着替え、くしを紙入れから出すと、わずかに残っている髪をとかしてから、いった。さよなら、ボール遊びをしている子供たちはよく見張っていたほうがいい。連中は泳げなさそうだし、海水浴客の邪魔をするといけないから。

地下道を通って、ペレイラはホームのベンチにこしかけた。汽車の音がきこえてきたので、時計を見た。おそくなったな、もしかしたら海洋療法のクリニックでは、昼食の時間に着くと思っていたかもしれない。病院は食事が早いからな。しかし、そう考えてから、こうも思った。しかたないさ。それに、ペレイラはリラックスして、爽快で、気分は上々だった。汽車が駅に入ってきた。海洋療法のクリニックに行けば、時間はあり余るほどある、一週間もいるつもりなのだから。ペレイラはそう思った、と供述している。

パレーデに着いたときはもう二時半近かった。タクシーをつかまえると、運転手に海洋療法クリニックまで行ってくれとたのんだ。結核のあれですか。タクシーの運転手がたずねた。そうかな。海岸通りにあるやつだ。あれなら、と運転手がいった。ほんのそこですよ、お客さん、歩いてだって行けるでしょう。たのむよ、ペレイラがいった。疲れてるし、暑いから。チップをはずむよ。

海洋療法クリニックはピンクの建物で、広い庭にはヤシの木がたくさん植わっていた。岩ばかりの小高い丘のうえに建っていて、道路をよこぎって海岸まで、階段がついていた。彼をむかえてくれたのは、ほっぺたの赤い、ふとった女性で、白い手術着をはおっていた。ペレイラです、とペレイラがいった。かかりつけの医師のコスタ博士から、電話で部屋を予約してもらったはずですが。あら、ペレイラさんですの、お昼にいらっしゃると思って、お待ちしてましたのよ。どうして、こんなおそくに？　白い手術着の女性がいった。もう、お昼はあがりましたの。いや、じつをいうと、駅で貝の料理を食べただけです、ペレイラはほんとうのことをうちあけた。腹はへっています。じゃあ、どうぞこちらへ。先に立って歩きながら、白い手術着の女性は、言葉をつづけた。レストランはもう閉まっていますけれど、マリア・ダス・ドーレシュがなにかお口に合うものをつくってくれますわ。食堂はひろびろとしていて、海にむいた大きな窓があった。がらんとして、だれもいなかった。ペレイラがテーブルにつくと、エプロンをつけた口髭の目立つ女性がきた。調理係のマリア・ダス・ドーレシュです、と彼女はいった。なにか網焼きのようなものをお作りしましょうか。ありがとう、ヒラメがいいな、ペレイラがいった。そしてレモネードをたのんで、おいしそうにすこしずつ飲みはじめた。彼は上着をぬいで、ナプキンをワイシャツのうえから首にはさんだ。マリア・ダス・ドーレシュが、網で焼いた魚を運んできた。ヒラメがなくなってたものですから、と彼女はいった。タイにいたしました。ペレイラはよろこんでそれを食べはじめた。海草浴は五時です、料理番がいった。でも、もし、めんどうだとお思いでしたら、お昼寝をなさって、あすからはじめてだいじょうぶですわ。お客様の医師はカルドーソ博士です。午後六時に、お部屋にうかがうはずです。完璧だ。ペレイラがいった。ぼくは、これからすこし寝ることにしよう。

22番の部屋に上がると、かばんが置いてあった。よろい戸をしめ、歯をみがいて、パジャマは着ないでベッドに横になった。よろい戸をとおして、涼しい大西洋の風が吹きこんできて、カーテンがゆれた。あっというまにペレイラは眠り、すばらしい夢をみた。彼は若くて、グランジャの海辺にいた。

ひろびろとした海で泳いでいると、海と思ったのはプールらしくて、その縁に蒼白い顔の女の子が、タオルを腕にもって彼を待っていた。彼が泳ぎおわっても、夢はまだつづいていたが、ペレイラはそのあとを話したくないと供述している。夢はこの事件とはなんの関係もないからだ、というのだ。

15

供述によると、六時半、ドアにノックの音がしたとき、ペレイラはすでに目ざめていたという。天井に映っている縞になったよろい戸の影をぼんやりと眺めながら、彼はバルザックの『オノリーヌ』のこと、そして悔恨について考えていた。じぶんもなにか、悔いなければならないことがあるような気がしたのだが、それがなにかは、よくわからなかった。とつぜん、彼は、アントニオ神父に会って話したくなった。彼になら、じぶんにはなにか悔むべきことがあって、それがなんであるかはわからないながら、じぶんが犯した罪を悔やむことに、郷愁をおぼえているのかもしれない、などと、打ち明けることができそうな気がした。いや、悔恨という考えそのものが、ただ気持よかっただけかもしれなかった。

だれ？　ペレイラが訊いた。お散歩の時間ですよ、ドアのそとで看護婦の声がいった。カルドーソ先生が下のロビーでお待ちです。ペレイラは散歩などぜんぜんしたくなかった、と供述している。だが、いちおうは起きることにして、旅行かばんのなかのものをとりだすと、縄底の靴をはいて、木綿のズボンにカーキ色のゆったりしたワイシャツを着た。そして、妻の写真を机のうえに置くと、話しかけた。やあ、こんなところに来ちゃったよ。ここは海洋療法のクリニックだ。でも、退屈したら、家に帰る。アルフォンス・ドーデの本を持ってきてよかったな。ここでも、新聞に載せる翻訳はできるからね。ドーデの『ル・プチ・ショーズ』を、ぼくたち好きだったのを、憶えてるかい。コインブラでいっしょに読んで、ふたりとも大感激したねえ。あれは子供時代の話だったから、それで、ぼくたちに生まれたかもしれない子供のことを、ふたりで考えたのかもしれないね。けっきょく、ぼくたちは子供にめぐまれなかったけれど、いいさ、どっちだって。『月曜物語』をもってきたけど、『リシュボア』紙にはぴったりだと思う。あっ、もう行かなくちゃ。医者が待ってるそうだ。海草浴療法っていったいどんなものか、説明をきくんだ。じゃ、またあとで。

ロビーに行くと、白い手術着を着た紳士が、窓のところで海を見ていた。ペレイラはそばに行った。三十五歳から四十歳ぐらいだったろうか、ブロンドのあごひげをたくわえていて、目が青かった。こんばんは。男がちょっとはずかしそうにいった。カルドーソです。ペレイラさんですね、お待ちしてました、患者さんたちが散歩で浜辺に出る時間ですが、気がすすまなかったら、ここでしゃべっていてもいいし、庭を歩いてもいいのですよ。ほんとうをいうと、浜辺の散歩はしたくありません、ペレイラはこたえた。きょうの午後、もう海に行ってきたものですから。彼はサント・アマーロで海水浴をした話をした。ああ、それはすばらしい。カルドーソ医師はびっくりした様子だった。あなたのことを、もっと扱いにくい患者さんかと思っていましたよ。でも、まだ自然に興味がおありなのですね。いや、自然よりも、思い出に惹かれているのかもしれません、とペレイラがいった。どういう意味ですか？　カルドーソ医師がたずねた。すこしずつ、お話ししましょう。ペレイラがいった。でも、いまはかんにんしてください。あすにでも。

ふたりは庭に出た。すこし歩きましょうか、とカルドーソ医師が訊いた。からだにいいはずです、私たち両方のために。岩と砂地に生えているヤシの木立のむこうは、美しい庭園になっていた。どうやらカルドーソ医師が話したい気分らしいのをみてとって、ペレイラは彼のあとについて行った。こしばらくのあいだ、と医師がいった、私があなたのお世話をすることになっています。それでうかがっておかなければいけないと思うんです。あなたが毎日、どんなふうな暮しをしておいでか。わたくしには、隠しごとをなさらないでください。なんでも訊いてもらってけっこうです、ペレイラは気持よくいった。カルドーソ医師は草の葉をちぎると、それを口にくわえた。どんな食事をしておいでか、まずうかがっていいですか。朝は、とペレイラがこたえた。朝は、コーヒーを飲みます。そのあとは、昼食、それから夕食、とそれだけです。ふつうと変りありません。それでは、とカルドーソ医師がたずねた。なにを召しあがるのですか、どういった食べ物を？　オムレツ、とペレイラはこたえようとした。いつもオムレツばかりです。玄関番がオムレツをつくってくれますし、カフェ・オルキデアでは、香草入りのオムレツしか出しません。だが、なんとなく気おくれしたので、代りにこういった。いろいろなものです、魚、肉、野菜類。食事は質素に、合理的に栄養をとるようこころがけています。では、肥満の兆候があらわれたのは、いつごろですか、カルドーソ医師が訊いた。数年まえです、妻が亡くなったあとです。それでは、甘いものはどうでしょう、甘いものはよく召しあがりますか。食べません、ペレイラはきっぱりとこたえた。きらいなんです。ただ、レモネードは飲みます。好どんなレモネードでしょう、カルドーソ医師が訊いた。レモンを自然なまま絞ったジュースです。好きだし、口がさっぱりするし、腸にいいような気がするんです。よく腹をこわすものですから。一日に何杯ぐらい？　カルドーソ医師がたずねた。ペレイラは一瞬、考えてから、こたえた。日によりますが、いまのように夏ですと、そうですね、十杯ぐらいかな。一日にレモネードを十杯？　カルドーソは、もういちどおどろいた様子だった。ペレイラさん、きちがい沙汰じゃないですか、それは。砂糖を入れますか。山のように、とペレイラはこたえた。コップ半分がレモネード、あと半分が砂糖です。カルドーソ医師は口にくわえていた草の葉を吐き出すと、断固とした調子で片手を上げて、命令した。レモネードは、きょうでやめましょう。そのかわりに、ミネラル・ウォーターを飲んでください。炭酸ぬきのほうが、いいでしょう。でも、炭酸入りがお好きなら、それでもけっこうです。庭園のセイヨウスギの下にベンチがあったので、ペレイラはそれにこしかけてから、カルドーソ医師にもかけてほしいとたのんだ。ごめんなさい、ペレイラさん、こんどはすこし内々のこともうかがいたいのですが。性的な関係は？　ペレイラはスギの梢を見上げながら、いった。もうすこし、はっきりおっしゃってください。女性です、医師カルドーソがいった。女性と関係をお持ちですか、通常の性生活をなさってますか。いいですか、先生、ペレイラがいった。私は妻に先立たれた男ですよ。若いわけでもないし、責任のある仕事をしています。時間もないし、女性を探そうともおもいません。じゃ、例の女たちとも、ですか。カルドーソ医師が訊いた。なんていいますか、行きずりの、ほら、手っとりばやい女性たちと、たまには、ということもないのですか。ありません。ペレイラはこたえてから、葉巻を一本とりだすと、吸っていいかとたずねた。カルドーソ医師はうなずいた。心臓病をお持ちなら、よくはありませんが、でも、どうしてもお吸いになりたければ。いや、ペレイラはほんとうのところを打ち明けた。話しにくいことを訊かれるので、吸いたくなっただけです。それでは、ついでに、もうひとつ、おこたえになりにくいことをたずねます。医師がいった。夜、シーツを汚されることがありますか。どういうことでしょう？　ペレイラがたずねた。ご質問の意味がわかりません。ええっと、意味はですね、オルガスムを誘発するような性的な夢をみることがおありですか。性的な夢をみられますか、みられるとしたら、どんな夢を。先生、とペレイラがいった。夢はなによりも個人的なことだから、どんな夢をみたかは、だれにも話してはいけないと、私は父に教えられました。いや、とカルドーソ医師がいった。あなたは治療のため、ここに来られたので、わたくしはあなたの医者です。あなたの心理は、あなたのからだにつながっているのですよ。だから、どんな夢をみられるか、それを知る必要があります。よく、グランジャの夢をみます、ペレイラが打ち明けた。グランジャ？　女性ですか、カルドーソ医師がたずねた。いえ、場所の名です。オポルトに近い浜辺の名で、わかいとき、コインブラで学生だったころに、よく行きました。エスピーニョにも。これはもっと高級な海水浴場で、プールやカジノもありました。泳いだり、ビリアードをして遊んだり、とてもいいビリアード場があったんです。そこに私の婚約者も来ていました、やがて結婚したわけですけれど。でも、そのころ、彼女はそんなことは考えてなくて、いつも頭痛がするっていってました。あれは、私の人生のいい時代でした。あのころの夢をみるのは、もしかしたら、あの夢をみたいからかもしれません。わかりました、カルドーソ医師がいった。きょうはこれでおしまいです。今夜の食事はあなたとおなじテーブルに行っていいですか。べつにこれといって話さなければならないことは、ありませんが。私は、文学が好きで、あなたの新聞は十九世紀のフランス作家にスペースを割いていますね。私はフランスで勉強したものですから、私の知的背景は、フランス文化なんです。今夜、あしたのプログラムをご説明しますよ。八時に食堂でお目にかかりましょう。

カルドーソ医師は立ちあがって、あいさつをした。ペレイラはすわったまま、木々の梢を見ていたが、こうつけくわえた。先生、ゆるしてください。葉巻を消すとお約束したのですが、これ一本、最後まで吸わせてください。お好きなように、とカルドーソ医師がこたえた。食餌療法は、あしたからはじめましょう。ペレイラは、ひとり残って、葉巻を吸った。そして、彼のかかりつけの医者であるコスタ先生は、けっしてこんなに個人の秘密にまつわるような質問はしないだろう、と考えた。パリで勉強した若い医者は、きっとちがうんだ。ペレイラは、おそまきながらあっけにとられ、気まずい思いだった。そして思った。よく考えてみると、そんなことにぐずぐず捕われていては、よくないかもしれない。いずれにしても、ずいぶん変った病院だと思った、と彼は供述している。

16

八時きっかりに、カルドーソ医師は食堂のテーブルについていた。供述によると、ペレイラも時間どおりに降りて行ったという。グレイのスーツに黒いネクタイをしめていて、食堂に入ると、まわりを見まわした。食事に出ているのは五十人ほどだったろうか、みんな老人ばかりだった。もちろん彼よりも年長で、そのほとんどが老夫婦のカップルだったが、みんなそれぞれのテーブルで食事をしていた。それを見ると、ペレイラはなにやらほっとした。じぶんがそのなかでいちばん若い年齢層に属しているのがわかったからで、この人たちのようにとしとっていないと考えて安心したのだ、といっている。カルドーソ医師は、彼を見るとにっこりして、椅子から立ちあがろうとした。ペレイラは手でそれを押しとどめて、いった。わかりましたよ、カルドーソ先生、この夕食のあいだもわたしはあなたのお世話になるわけですね。空腹時にコップ一杯のミネラル・ウォーターを飲む、これは健康維持の鉄則です。そういいながら、カルドーソ医師は彼のコップに水をそそいだ。ペレイラはかるい嫌悪をおぼえながら、それを飲みほし、レモネードがほしいなと思った。ペレイラさん、カルドーソ医師がいった。『リシュボア』新聞の文芸面についての、あなたの企画を話していただけませんか。私は、ペソア追悼の記事はすばらしいとおもいました。それに、モーパッサンの短篇は翻訳がよかった。私が訳しました、とペレイラがいった。署名するのがいやなのです。それはなさるべきですよ、カルドーソ医師の意見はちがった。重要な記事はとくにね。将来はどんな計画をお考えですか。ここ三、四回は、バルザックの短篇をのせます。『オノリーヌ』という作品です。ごぞんじですか。カルドーソ医師は首をよこにふった。悔恨についての短篇です、ペレイラがいった。後悔がテーマの、なかなかいい短篇で、私は自伝と考えて読んだくらいです。大バルザックの自伝ですか、カルドーソ医師がいった。ペレイラは一瞬、なにか考えにふける表情をしてから、いった。こんなことおたずねしていいのかどうか、カルドーソ先生、きょうの午後、あなたはフランスで勉強されたとおっしゃいましたが、なんの勉強をされたか、うかがっていいですか。学位をとったのは医学です、カルドーソ医師はこたえた。それから専門分野として、栄養学ともうひとつは心理学です。ふたつのご専門がどうつながるのか、わかりませんね。ペレイラはそういったという。ごめんなさい、でも関係がわかりません。ふつう考えつかないような関係があるのではないでしょうか、カルドーソ医師がいった。たとえば、あなたは、われわれの肉体と心理のあいだにどんな脈絡があるか、想像されたことがありますか。ところが、ふつう人が考えないような脈絡でこのふたつはつながっているのです。いや、バルザックの短篇が自伝的だとおっしゃってましたよね。あ、そういうつもりでいったのではありません、ペレイラがいった。私のいいたかったのは、私があの作品を自伝として読んだということです。私自身を作品に読みとったわけです。悔恨について、ですか。カルドーソ医師がたずねた。ある意味ではね、ペレイラがいった。かなり斜《はす》っかいに、ではありますけれど、いいや、隣接的に、というのが正しいかもしれない。では、いいなおします。私は、そのなかに、隣接的な意味で、じぶんを読みとったのです。

カルドーソ医師がウェイトレスに手で合図して、今晩私たちは、魚にします、とたのんだ。なるべくなら、網焼きか、ゆでたのを召しあがっていただきたいのですが、いや、料理法はかならずしもこだわりません。でも、網焼きの魚は、昼も食べましたから、ペレイラがいいわけをした。それに、ボイルした魚というのは、どうもきらいなんです。いかにも病院くさくて。じぶんが入院しているみたいな気持になりたくないのです。ホテルに来ていると思いたいんです。だからヒラメのムニエールにします。よろしいですよ、カルドーソ医師がいった。では、ヒラメのムニエールに、ニンジンのバター煮をつけて。私もそれにしましょう。そして、つづけた。隣接的に後悔するとは、どういう意味でしょう。あなたが、とペレイラは説明した、心理学を勉強されたとうかがって、お話しする勇気がでます、ほんとうなら、友人のアントニオ神父と話したいことがらなのですけれど。彼は司祭ですからね。でも、神父さんにはわからないかもしれない。犯した罪を告白してそれを聴くのが神父さんですが、私はとくべつに罪を犯したとは思っていない。それでも、私は、罪を悔やみたい気がする、罪を悔やむことへの郷愁を感じるのです。ペレイラさん、カルドーソ医師がいった。もうすこし問題を掘りさげる必要があるのではないでしょうか。もし、私でよかったら、よろこんでお相手になりますよ。

そうですね、ペレイラがいった。奇妙な感覚があって、それが私の人格の周辺にひろがっている、だから隣接的と呼ぶのですが。私は、じぶんがこれまで生きてきた人生に満足しています。コインブラの大学で勉強したこと、生涯をあちこちのサナトリウムですごした病身の女性と結婚したこと、一流の新聞社でながいあいだ社会面の記事を書いていたこと、そして、いまはこの小さな夕刊紙の文芸面を担当していること。だが、他方では、なにやらじぶんの人生にたいして悔やみたいような気がするのです、わかっていただけるでしょうか。

カルドーソ医師がヒラメのムニエールに手をつけたので、ペレイラもそれにならった。あなたの生活がごく最近、どうだったか、それを教えていただかなくては。なにか事件があったのではありませんか？　医師がたずねた。事件って、どういうことでしょう、ペレイラが訊いた。どういう意味でその言葉を使われたのですか。事件というのは、心理学のことばでしてね。私はフロイト一辺倒ではありません、折衷主義ですから。でも、事件ということについては、フロイトはただしいと思うのです。事件とは、私たちが暮らしているなかで、なにかそれまでじぶんが信じてきたものや私たちの精神の均衡を揺るがしたり、気になったりする、なにかのきっかけとなる、そんな具体的な事柄をいいます。かいつまんでいうと、事件とは、じっさいの生活のなかで起こったことで、私たちの心理生活に影響するといった、そんな事柄です。あなたに、なにか事件があったかどうか、考えてみてください。ある人と知りあいになりました、ペレイラはうちあけた、という。いや、ふたりです。若い男女です。

そのことについて、話してください。カルドーソ医師がいった。ええ、じつをいうと、私たちの新聞の文芸面では、もうすぐ物故するかもしれない作家たちの追悼原稿をまえもって書いてもらう人物を探していたのです。私が出会った青年は、死について論文を書いていました。ええ、部分的には他人の書いたものを写したそうですが。でも、最初は、死について詳しそうだと私には思えたものですから、見習いとして、来させることにしたわけです。事前に死亡記事の原稿を書いてもらうためにね。彼がいくつか書いてきたので、私は新聞社に負担をかけてはいけないと、自腹をきって金を払いました。だが、どれも使いものにならない原稿でした。その青年のあたまには政治がこびりついていて、どの死亡記事原稿も政治のアングルから書いてあったからです。ほんとうをいうと、私には、彼がそう書いているのではなくて、彼のガールフレンドが思想を吹きこんでいるように思えるのです。やれファシズムだ、社会主義だ、スペインの市民戦争だとね。どの原稿も、さきほどいったように、使いものにはなりません。これまでは、それでも、私が支払ってきました。それ自体はなにもやましいことではないでしょうに、カルドーソ医師がいった。あなたが、損をなさるのはたしかですが。そんなことではありません、ペレイラは声をつよめていった。大事なのは、私が疑いはじめたことです。もし、ふたりの若者がただしかったら、と思って。それならきっと、彼らがただしいのでしょう。カルドーソ医師はおちつきはらっていった。ただしいか、ただしくないか、それを決めるのは歴史ですよ、ペレイラさん。あなたは考えなくていいのです。それは、とペレイラはいった。でも、もし彼らがただしいのだったら、私の生き方は無意味だということになるのではないでしょうか。コインブラで勉強したことも、文学がこの世でなによりも大切なものだとずっと信じてきたことも。じぶんの意見をのべることもできないで、そのために十九世紀の短篇を載せて甘んじなければならないような、この夕刊紙の文芸面を私が担当していることも、まったく意味がなくなります。そのことを、私は後悔したい気持なのです。まるで、私が他人であって、ずっとジャーナリストをやってきたペレイラではないかのように、なにかを否定しなければならないかのように。

カルドーソ医師はウェイトレスを呼んで、砂糖ぬき、アイスクリームなしのフルーツポンチをたのんでから、ペレイラにいった。ペレイラさん、ひとつ、おたずねしたいことがあります。あなたは哲学者医師というのをごぞんじですか。いいえ、ペレイラはいった。知りませんが、どういう人たちですか。中心になっているのは、テオデュル・リボとピエール・ジャネのふたりです。わたしはパリでこの人たちのテクストを研究したのですが、彼らは医者であると同時に心理学者で、また哲学者でもある。そして、彼らの主張する学説に私は惹かれたのです。たましいの連合、というのですが。どんな学説か、話してください、ペレイラがいった。計測不可能な自我の多元性から分離したものとして、自己の部分の「まとまり」を信じるのは、キリスト教的伝統においては、たましいの幻覚(とはいっても素朴なものですが)ということになります。リボ博士とジャネ博士によると、人格は多数のたましいの連合だというのです。私たちはじぶんのなかに多くのたましいをもっていますからね、それで、たましいの連合は、主導権をもったエゴの統制のもとに、みずからをおくのです。そこまでいうと、カルドーソ医師はひと息ついてから、つづけた。規範と呼ばれるもの、すなわち、私たちの存在、あるいは常態は、前提ではなくて、たんに結果であって、たましいの連合においてみずからに課した主導的なエゴに統括されています。もうひとつの、より強い、より力のあるエゴが出てくれば、そのエゴがそれまでの主導的エゴの権力をうばい、代ってその座におさまり、こんどは、そいつがたましいの軍団、いや連合を指揮するのですが、その優位は、やがてつぎの主導的エゴによって座を追われるまでつづきます。正面から攻撃されることもあれば、ゆっくりと侵蝕される場合もある。そういうと、カルドーソ博士はこう結んだ。緩慢な侵蝕のあと、ひとつのエゴが、あなたのたましいの連合の主導権をにぎろうとしているのではありませんか、ペレイラさん。でも、あなたにできることは、なにもない、だんだんとこれに従う以外にはね。

カルドーソ医師はフルーツを食べおわり、ナプキンで口をぬぐった。それじゃ、いま、私はなにをすればいいのですか、ペレイラがたずねた。なにもいま、できることはありません、カルドーソ医師がこたえた。ただ、待っているだけです、たぶん、あなたのなかに主導的なエゴがいて、それがながい侵蝕をつづけたあげく、すなわち、ジャーナリズムにたずさわりながら、この長い年月、社会面の記事をかたづけるいっぽう、文学がこの世でなによりも大切だと思いつづけていた、そんなあなたのなかで、たましいの連合の首領の座につこうとしている主導的エゴがいるのです。そいつが水面にうかびあがるまで、そっとしておいておやりなさい。どうせ、それしかできないのですから。逆らっても成功はおぼつかないし、ごじぶんが苦しまれるだけです。もし、これまでの人生を悔やみたいのなら、それもけっこうでしょう。それを司祭に話したければ、話せばいいのです。とどのつまり、ペレイラさん、もし、あなたのおっしゃる若者たちのやっていることが正しいと思えてきたら、そして、あなたの人生がこれまでなんの役にも立っていなかったと思えるのなら、それもいいでしょう。これからは、ごじぶんの人生がこれまでのように役たたずだとは思わなくなるはずです。もし、あなたの主導的エゴのいうなりになる気持がおありなら。そして、その苦しみを、食物や、砂糖をいっぱい入れたレモネードに代行させないように。

ペレイラはフルーツを食べおわり、首につけたナプキンをはずした。お説は非常におもしろいです、すこし考えてみようと思います。そして彼はこうたずねた。コーヒーを飲みたいのですが、いいでしょうか。コーヒーは不眠のもとになります、カルドーソ医師がいった。でも、もし眠りたくないのであれば、お好きなようにどうぞ。海草浴は、一日二回です、午前九時と、午後五時。明朝はできれば時間どおりに来てください。海草浴はきっとあなたのからだにいいですから。

おやすみなさい、ペレイラはつぶやいて、立ちあがり、テーブルをはなれた。何歩かあるきだしてから、ふりかえると、カルドーソ医師が彼のほうをむいてにっこり笑っていた。九時きっちりにまいります、ペレイラはそういったと供述している。

17

供述によると、ペレイラは朝九時にクリニック専用の浜辺に行く階段を下りていったという。波うちぎわを縁どっている岩場には、巨大な岩のプールが掘られていて、大洋の波が自由に出入りしていた。浴槽のなかには、丈の長い、光沢のある肉厚な海草がふんだんに入れてあって、それが水面近くに密な層をつくっているなかを、数人の患者がばちゃばちゃやっていた。プールのそばには、空色のペンキを塗った木造の小屋が二つあった。脱衣場だ。カルドーソ医師がプールに入っている患者たちを監視しながら、運動の仕方を教えていた。ペレイラは彼に近よって行きながら、おはようございます、とあいさつした。気分がよかった、と彼は供述しているのだが、海辺は涼しかったので水の温度がかならずしも理想的とは思えなかったにもかかわらず、彼はプールに入りたくなった。そこでカルドーソ医師に、もってくるのを忘れたので、といいわけしながら、水着が借りられますか、とたずねた。できれば、昔ふうの、腹と胸の一部がかくれるスタイルのがいいのですが。カルドーソ医師は首をよこにふった。残念ですが、ペレイラさん、羞恥心はお忘れください。海草は、皮膚に直接触れたときに、特殊な効き目を発揮するのです。おなかと胸をこれでマッサージしますから、パンツだけの短い水着にしてください。ペレイラはあきらめて、脱衣場に入った。ズボンとカーキ色のワイシャツをロッカーに入れると、そとに出た。空気はひんやりしていたが、気持がよかった。片いっぽうの足を水に入れてみたが、予期していたほどつめたくはなかった。からだ中にまといついてくる海草に身ぶるいしながら、彼はそろそろと水につかった。カルドーソ医師が指図をするために、プールの縁にやってきた。体操をするように、腕をうごかして、それから海草でおなかと胸をマッサージなさい。ペレイラは、すなおにいわれたとおりを実行したが、だんだんと息が苦しくなったから、いったんとまると、首まで水につかったまま、ゆっくりと手を動かしはじめた。ゆうべはよく眠れましたか、カルドーソ医師がたずねた。ええ、でも、おそくまで本を読んでました。アルフォンス・ドーデを一冊、もってきたものですから、ドーデはお好きですか。私はあまりよく知りません。カルドーソ医師は正直にいった。私は、『月曜物語』のなかの短篇をひとつ訳そうと思っています。ええ、『最後の授業』というタイトルで、フランス側アルザスの小さな村の学校の教師の話なんです。生徒は農民の子ばかりで、畑仕事をさせられ、そのために授業をさぼるので、教師は困っています。そこまで話すと、ペレイラは口に水が入りそうになったので、一歩まえに出てから、またつづけた。それで、授業がおしまいになる日が来ます。普仏戦争が終ったのです。期待はしてなかったけれど、先生は、せめて何人か生徒がくればいいなと思っているのですが、おもいがけなく、村の人たちがみんなでやってきます。

農夫や、村の老人たちが、フランス人の先生にお別れをいいに来たのです。つぎの日からじぶんたちの学校がドイツ人に占拠されるのが彼らにはわかっているからです。そこで先生は黒板にむかって「フランスばんざい」と書くと、目に涙をうかべ、感動したみなをのこして、教室を出ていきます。そこまで話すとペレイラは、腕に巻きついていた長い海草をはずしながら、たずねた。どうですか、こんな話は。いいですねえ、カルドーソ医師がいった。でも、いまのポルトガルで、「フランスばんざい」が評価されるでしょうか、時勢が時勢ですから。ひょっとしたら、あなたは、またひとつあたらしい主導的エゴに道をゆずろうとしていられるのではないですか、ペレイラさん、私には、あたらしい主導的エゴが見えますよ。なにをおっしゃるのですか、カルドーソ先生、ペレイラがいった。これは十九世紀の話ですよ。とっくに過ぎてしまった時代の話です。ええ、それは、とカルドーソ医師がいった。それでも、反独をテーマにした物語であることに変りはありません。わたしたちのような国では、ドイツをとやかくいうのは、まずいんです。この国でも公的な集会での敬礼が定められたのをごぞんじでしょう。ナチの連中とおなじように、腕をのばしたままでする、例のやつです。そうですね、ペレイラがいった。でも『リシュボア』は中立の新聞です。そういうと、ペレイラはカルドーソ医師にたずねた。もう出ていいでしょうか。あと十分。せっかくここに滞在なさるのですから、コースをひと通りぜんぶやってください。それに、こんなことをいって失礼かもしれないが、ポルトガルで新聞が中立である、とはどういう意味ですか。どの政治運動とも関わっていない新聞でしょう、ペレイラがきっぱりといった。そうですかねえ、カルドーソ医師は納得できないという顔をした。でも、あなたの新聞の編集部長は、ペレイラさん、体制の人ですよ。あらゆる公的な集会には、かならず出ています。それに、あの人は敬礼するとき、ずいぶんりっぱに腕を伸ばしますよ、まるで槍投げ選手みたいです。文芸面に関しては、たしかにそうです、ペレイラは認めた。でも、ほんとうはわるい人間ではないんです。カルドーソは賛成しなかった。でも、私に全権を託してくれましたし。彼にとってそのほうが便利だからでしょう、出るまえに委員会の検閲を通って印刷許可をもらっているはずです。なにかまずいことがあれば、そのまま発行されることは、まずないからだいじょうぶです。最悪の場合は白いままで印刷されるんです。ポルトガルの新聞にぽっかりと白い空間があるのを、私だって見たことがあります。ひどく腹がたつし、憂鬱になりますが。それはそうですとも、ペレイラが声をあわせていった、私も見たことあります。でも、まだ『リシュボア』はそこまで行ってません。いつそうなるかわかったものじゃない。カルドーソ医師がちょっとふざけてまぜかえした。それは、あなたのエゴの主導権が、たましいの連合に勝つかどうかで決まるのですから。それに、と彼はつづけた。いいですか。もし、頭角をあらわしはじめているあなたの主導的エゴを助けてやりたいとお思いなら、たぶん、あなたはどこかへよそに行ってしまうべきでしょう、この国を出て。そのほうが、ごじぶんとの軋轢を避けられますよ。それに、あなたならそれができるのですから。まじめに仕事をする職業人だし、フランス語はお上手だし、そのうえ、奥様を亡くされたのでしょう。お子さんもないし、この国にとどまる必要がどこにあるのですか。この国ですごした、これまでの人生があります、ペレイラがいった、郷愁が。カルドーソ先生、あなたこそ、どうしてフランスに戻られないのですか。むこうで勉強されたのだし、フランス的な教養もおありですし。そうかもしれません、とカルドーソ医師はこたえた。私はサン・マロの海洋療法クリニックと交渉はあります。そのうちに、とつぜん決心をかためるかもしれません。もう上ってもいいですか。ペレイラがたずねた。気がつかないうちに時間が経ってしまいましたね。カルドーソ医師がいった。十五分も必要時間よりながく治療をうけられた勘定です。いいですよ、着替えていらっしゃい。よろしかったら、昼食をごいっしょしませんか。よろこんで、とペレイラはいった。

その日、ペレイラはカルドーソ医師といっしょに食事をし、彼の意見をいれて鱈をボイルした料理をたのんだ。ふたりは、モーパッサンやドーデなどの文学について話してから、フランスを偉大な国だと話しあった。そのあと、ペレイラは自室に戻り、十五分間、昼寝をした。とはいっても、うとうとしただけで、そのあとはよろい戸の影が天井に映っているのを眺めていた。午後の半ばに起きあがると、シャワーを浴び、服を着るとネクタイを結んで妻の写真のまえにすわった。ずいぶんあたまのいい医者をみつけたよ。ペレイラは写真に話しかけた。カルドーソっていうんだ。フランスで勉強したとかで、ぼくに人間のたましいについての彼の持論を話してくれた。いや、フランス哲学の理論だ。ぼくらの内部には、たましいの連合というのがあって、ときどき、主導的エゴというのが、連合をひきいて立ち上がるらしい。カルドーソ医師の意見によると、ぼくの主導的エゴは、ちょうど蛇が脱皮するようにいま交代しつつあって、この主導的エゴがぼくの人生を変えるだろうといっている。どこまで真実かはわからないし、とことん信じているわけでもないけど、いいや、もうすこししたてばわかるだろうよ。

それから彼は机にむかうと、ドーデの『最後の授業』を訳しはじめた。ラルースを持ってきていたので、役に立った。だが、一ページ訳すだけにしたのは、ゆっくりと仕事をしたかったのと、この短篇が彼のいい話し相手になったからだ。こうして、ペレイラは、一週間、海洋療法クリニックに滞在し、毎日、午後はドーデを訳してすごした、と供述している。

ダイエット、治療、休息という、それはすばらしい一週間だったが、カルドーソ医師の存在がそれをいやがうえにも愉しくした。彼とは活気のある興味深い問題についていろいろ話したが、なかでもふたりは文学について意見をのべあった。一週間は滑るようにすぎた。土曜日の『リシュボア』紙には、バルザックの『オノリーヌ』の第一回が掲載され、カルドーソ医師が祝ってくれた。編集部長からは一度も電話がなかったが、それは新聞社ですべてがうまくいっている証拠だった。モンテイロ・ロッシからも、マルタからも連絡はなかった。最後の日々、連中のことをペレイラはもう考えてはいなかった。そして、クリニックを出てリスボン行きの列車に乗ったときには、気分がさっぱりして、体調がよくなっていた。四キロも痩せた、とペレイラは供述している。

18

彼はリスボンに戻り、こうして八月のほとんどが、あっという間にすぎてしまった、とペレイラは供述している。彼のところにかよってくる女中は、まだ休暇から帰っていなくて、郵便箱にあったセツバルからの彼女からの絵はがきには、こう書いてあった。「九月半ばにもどります。姉が脚の静脈瘤の手術をしますので。よろしくおねがいします。ピエダーデ」

ペレイラは、ふたたび家事の主導権をにぎった。幸運なことに、天候が変って、ひところのような酷暑ではなくなった。夕方になると大西洋の風がはげしく吹きおこって、上着なしではいられなかった。編集室に行ってみたが、変ったことはなかった。管理人も以前のように機嫌のわるい顔はしなかったし、ていねいにあいさつするようになっていた。それでも、階段室のあたりには、あいかわらずひどい揚げ物の臭いが漂っていた。郵便の量はすくなかった。電気とガスの請求書がきていたので、本社編集室に送る手配をした。それから、児童文学の作者で、シャヴェス在住の五十代の婦人から、じぶんの作品を一篇、『リシュボア』にのせてほしいという依頼の手紙があった。妖精だの森の小妖精が出てくる、ポルトガルとはなんの関わりもない話だった。女性がアイルランドの昔話からとったものにちがいなかった。ペレイラは、いんぎんな手紙を作者に書き、『リシュボア』はアングロサクソンの読者のためではなくて、ポルトガルの読者のための新聞なのだから、もっとポルトガルの民話からテーマをとってはどうかとすすめた。月末近くなって、スペインから手紙が一通とどいた。モンテイロ・ロッシ宛で、宛名はつぎのようになっていた。モンテイロ・ロッシ殿、ペレイラ様気付、ロドリゴ・ダ・フォンセカ街66番、リスボン、ポルトガル。ペレイラは封を切ってみたい誘惑にかられた。モンテイロ・ロッシのことは、すっかり忘れていた、あるいは忘れたつもりだったので、青年がじぶんの住所を『リシュボア』新聞の文芸編集室気付にしているのにはおどろかされた。結局、手紙は開けないままで、「追悼原稿」のファイルにはさんだ。昼食はいつもカフェ・オルキデアで食べたが、彼は、カルドーソ医師に禁じられた香草入りのオムレツも、レモネードもたのまないで、魚介類のサラダをとり、ミネラル・ウォーターを飲んだ。バルザックの『オノリーヌ』は完結し、読者の評判は上々だった。ペレイラの供述によると、電報が二通も来た、という。一通はタヴィラから、もう一通はエストレモシュからで、タヴィラの手紙には、すばらしい短篇でしたね、とあり、もうひとつの手紙には、いまや悔恨ということについて、われわれはひとり残らず考えなければならないときだとあって、二通とも、感謝します、と結ばれていた。瓶につめたメッセージを受けとってくれたひとが、何人かはいる、ペレイラはそう思って、アルフォンス・ドーデの物語の原稿の最終チェックをいそいだ。編集部長がある朝、バルザックの短篇がよかったと電話で祝ってくれた。本社の編集部に山のように賞讃の手紙がとどいたというのだ。ペレイラは、編集部長はいずれにせよ、瓶につめたメッセージには気づかなかっただろうと思い、ひとり悦に入っていた。あの作品に関するかぎり、メッセージは符号で書かれていたから、それを解読できるものだけが受けとるようにできている。編集部長は、解読できなかったし、したがってメッセージを受けとることもなかった。つぎは、と編集部長はたずねた。ペレイラ君、つぎはどんなものを用意してますか。ちょうどドーデの短篇を訳しおえたところです、ペレイラはこたえた。これもうまくいくといいのですが。『アルルの女』じゃないだろうな、と編集部長は満足げに、彼の数すくない文学知識を披露していった。あれは少々、ドギツイところのある小説だから、うちの読者には向かないのではないだろうか。あれではありません、ペレイラはそれだけいった。『月曜物語』のなかの『最後の授業』という短篇で、ごぞんじゃないかもしれませんね。愛国的な物語です。知らないね、編集部長がいった。だが、愛国的な作品ならいいよ。いまや、われわれはみな国を愛さなければならない。愛国主義の小説なら賛成だ。ペレイラは、では、といって電話を切った。印刷室にタイプ原稿を持って行こうとしていると、電話が鳴った。ペレイラはそのとき、上着を着て、ドアのところにいた。もしもし。女の声だった。もしもし、ペレイラさんですね。マルタです、お会いしたいのですが。心臓がどきんとして、ペレイラはたずねた。マルタ君か、元気ですか、モンテイロ・ロッシは元気ですか。あとでゆっくりお話しします、ペレイラさん。マルタがいった。きょうの夕方、お目にかかれますか。ペレイラは一瞬考えてから、うちに来てほしいといいそうになったが、やはりうちはまずいと思いなおして、いった。では八時半に、カフェ・オルキデアで。するとマルタがいった。モンテイロ・ロッシでしたら元気です、原稿を一本、お送りするそうです。

供述によると、ペレイラは印刷室に行こうとして部屋を出たが、なにやら不安になった、という。もういちど編集室に戻って、夕食までの時間を待とうかと考えたが、いちど家に戻って、つめたいシャワーを浴びるべきだと思いなおした。タクシーをとめると、無理をいって自宅のある建物までの急な坂を上ってもらった。運転しにくい坂だったので、ふつう、タクシーは行きたがらなかったが、疲れてぐったりしていたペレイラは、チップをはずむからとたのみこんだ。家に入ると、なによりもさきに、浴槽に水を張った。からだを沈め、カルドーソ医師に教わったとおり、ていねいにおなかをさすった。バスローブを着ると、入口の間の妻の写真のまえに行った。また、マルタから連絡があったよ、彼はいった。髪をみじかくして、ブロンドに染めているらしい。いったいどういうことだろう。それからモンテイロ・ロッシの原稿をもってきてくれたんだが、彼本人はまだ用があって来られないらしい。あの若者たちは気をもませるよ、でも、しかたないのだろう。あたらしい展開があれば、きみに知らせるよ。

ペレイラの供述によると、彼は八時三十五分に、カフェ・オルキデアに入っていった、という。扇風機のそばにいた、ブロンドの痩せこけた女の子がマルタとわかったのは、いつもとおなじ服を着ていたからで、さもなければ、とても見分けがつかなかっただろう。みじかく切ったブロンドの髪、前髪をたらして、耳のうえでくるんとカールした髪型のマルタは、なんのくったくもない女の子、もしかしたらフランス人にはみえても、まるで別人の感じだった。それに、すくなくとも十キロは痩せたにちがいなかった。彼が憶えていた、やわらかくて、まるい肩の線のかわりに、ニワトリの手羽《てば》みたいな鎖骨が二本、とび出していた。ペレイラは彼女のまえの席にすわると、いった。こんばんは、マルタ、いったいなにが起こったんです。人相を変えることにしたんですわ、マルタがいった。状況によっては必要で、私の場合も、他人になる必要が生じたものですから。

どうして、ペレイラがこんな質問をする気になったのか。どうしてだか、彼には説明できない。ブロンドがあまり不自然にみえたので、じぶんの知己であった女の子がこれでは見分けがつかなくなると思ったからか、あるいは、彼女が、まるでだれかを待っているか、だれかに会うのを恐れているのかのどちらかで、ときどき落ち着かない視線を周囲に投げかけていたからだったのか、いずれにしても、ペレイラはこんな質問をしてしまったのだ。いまもマルタっていうのかな、あなたは。もちろん、マルタで通します、とマルタがこたえた。でも、フランスのパスポートを持っていて、名はリーズ・デロネイです。職業は絵描き、風景画と水彩画を描くためにポルトガルに来ているんですけれど、ほんとうの理由は観光です。

ペレイラはそのとき、ひどく香草入りのオムレツとレモネードが欲しくなった、といっている。香草入りのオムレツをふたつ、もらってもいいですか。そうマルタにたずねると、よろこんで、と彼女はいった。でも、そのまえに、ポルトのドライを飲みたいわ。ぼくもだ、ペレイラがいって、ポルトをふたつたのんだ。なにか面倒なことになっている感じだな。ペレイラがいった。マルタ君、あなたはまずいことに首をつっこんでいる、ぼくに本当のことをいいたまえ。そうですね、マルタがいった。でも、こんなことで苦労するの、私、好きなんです。性に合ってるというのかしら。とどのつまり、私が選んだ生き方なんですもの。それじゃあしかたないな、というふうに、ペレイラは両手をひろげてみせた。きみが満足ならね、でも、モンテイロ・ロッシはどうしているんだ。ぼくの推測だが、連絡がないところをみると、あいつもまずいことになっている。どういう状況なのかね。私のことはお話しできますけど、モンテイロ・ロッシについては、だめです。マルタがこたえた。私は、じぶんのことについてだけ、お話しします。あの人から連絡がとどかないのは、具合のわるいことがあったからで、いまもまだ、リスボンの外にいて、アレンテージョのあたりをうろついています。でも、彼の状況はたぶん、私よりもせっぱつまっていて、お金を必要としています。あなたに原稿をお渡しするのは、そのためです。追悼文の原稿だそうですが、代金は、よければ私にお渡しください。あの人の手に届くように、私が手続きをしますから。

あいつの原稿なんて、どういうつもりだ。ペレイラはそういってやりたかった。追悼原稿だって、記念原稿だっておなじさ。ぼくはそれをじぶんの小遣いで払いつづけている、おれはなぜすぐにモンテイロ・ロッシをクビにしないのだろう。新聞記者にならないかといったのは、このおれだ。あいつにキャリアを描いてみせたのも、おれだ。しかし、ペレイラはなにもいわないで、紙入れをポケットから出すと、紙幣を二枚さしだした。ぼくからといってこれを渡してください、彼はいった。原稿をぼくにくれますか。マルタはバッグから紙切れを一枚とりだすと、彼に渡した。マルタさん、いいですか。まず、ひとつ忘れないでほしいことがあります。ぼくは、あなたがたの問題にはかかわりたくないが、ある種のことについてなら、ぼくをあてにしてもらっていい。でも政治には興味がないのですよ。もし、モンテイロ・ロッシと話す機会があったら、ぼくに連絡するようにいってください。彼にだって、なにかしてあげられるかもしれない。ぼくなりの方法で。あなたのおかげで、私たちみんな、大助かりですわ、ペレイラさん、マルタがいった。私たちの理想を忘れないでください。ふたりがオムレツを食べおわると、マルタが、もう時間がないから行かなくては、といった。ペレイラがそれでは、というと、マルタはそっと隠れるようにして、出ていった。席に残ったペレイラは、もうひとつレモネードを注文した。このことを洗いざらいアントニオ神父とカルドーソ医師に話したくなったが、この時間、アントニオ神父はきっと昼寝をしていたし、カルドーソ医師はパレーデだった。レモネードを飲むと、彼は勘定を払った。なにか事件は？　給仕がテーブルにやってきたとき、ペレイラはたずねた。わけのわからないことばかりですよ、マヌエルがいった。さっぱりなんのことやら、ペレイラさん。ペレイラは彼の腕に手をおいた。なにがわからないんだ？　スペインでなにが起きているか知らないんですか、給仕が訊いた。知らないよ、ペレイラがこたえた。えらいフランスの作家がスペインのフランコ派による抑圧を告発したらしいです、マヌエルがいった。それでヴァチカンで物議をかもしたというんです。なんていう作家だい？　ペレイラがたずねた。さあ、マヌエルがいった。よく憶えていません、あなたならきっと知ってる作家ですよ、ベルナンとか、ベルナデットとか、そんな名です。ベルナノスだ、ペレイラが大声でさけんだ。ベルナノスじゃないか！　そのとおりですよ、まったくそのとおり、マヌエルがこたえた。彼はえらいカトリックの作家だよ、ペレイラがほこらしげにいった。じぶんの立場をはっきりさせるだろうことは、まえからわかっていたよ。鉄の倫理のもちぬしだから。そのとき、『リシュボア』紙に、これまでポルトガル語には訳されていない『田舎司祭の日記』の何章かを掲載してはどうかというアイデアがうかんだ。

マヌエルにさよならというと、ペレイラはたっぷりとチップをはずんだ。アントニオ神父に話してみたい気がしたが、毎朝、メルセス教会でミサをあげるために六時に起きるアントニオ神父は、いまごろ昼寝をしているにちがいないと思った。そうペレイラは供述している。

19

つぎの朝、ペレイラはひどく早く目がさめたので、アントニオ神父に会いに出かけた、と供述している。教会の香部屋でミサの祭服をぬいでいた神父をつかまえた。祭式の準備室でもある香部屋の壁には、宗教画や祈願の奉納画がかかっていて、ひんやりとしたなかは涼しかった。

アントニオ神父さん、おはようございます。ペレイラが挨拶をした。おっと、ペレイラかい、アントニオ神父が小声でいった。しばらく来なかったようだが、いったいどこに行ってた。パレーデに行ってたものですから、ペレイラはいいわけをした。一週間、パレーデに行ってました。パレーデに⁉ アントニオ神父はあきれたように大声をあげた。パレーデでなにをしてたんだ。海洋療法のクリニックに行ってました。海草浴をしたり、自然療法をしてもらったり。ペレイラが答えた。アントニオ神父は、首にかけていたストラをはずすのをペレイラに手伝わせてから、いった。なにを考えているんだか。でも、とペレイラがあわてていった。四キロ痩せましたよ。それに、たましいについて、おもしろい理論をもっている医者に会いました。それで、私に会いに来たのかな、神父がたずねた。それもあります、ペレイラはいった。でも、ほかのこともお話ししたかったんです。じゃ、話してごらん、アントニオ神父がいった。そうですね。哲学者で心理学者でもある、ふたりのフランスの学者が考えだした理論で、私たちには、たましいがひとつだけあるのではなくて、たましいの連合というのがあって、それが主導的エゴにみちびかれているというんです。そして、ときどき、この主導的エゴが変って、私たちは一定のノルマに達するのですが、このノルマは静的なものではなくて、つぎつぎに変化しつづけるのです。よくきけ、ペレイラ。アントニオ神父がいった。私はフランシスコ会の修道士で、むずかしいことはわからないのだが、どうやらあんたは異端になった様子じゃないか。人間のたましいは、ただひとつで、これを分割することはできない。神様にいただいたのだからな。もちろんです、ペレイラがこたえた。でも、たましいという言葉を、そのフランスの学者がいうように、人格といいかえれば、もはや異端説とはいえません。私たちの人格はひとつではなく、たくさんあって、それが主導的エゴに率いられて共生していると、私は確信するようになったんです。なにやらうさんくさい、危険な学説のようだな、アントニオ神父がいった。人格はたましいに依存していて、たましいは単一で、不可分だ。きみの理論はどうも異端くさい。それでも、ぼくは、何か月かまえとは違ってしまった気がするんです。まるで秘密をうちあけるように、ペレイラがいった。それまでは考えなかったようなことを、考えるようになったし、これまでは絶対にしなかったことを、してしまったりするんです。なにかあったのかな、アントニオ神父がたずねた。若い男女なのですが、ふたりの人間と知りあったのです。たぶん、このふたりを知ったことで、ぼくが変ったのかもわかりません。よくあることだ、アントニオ神父がこたえた。人に影響されるのはめずらしいことじゃない。あることだ。ぼくがあの連中に影響されたかどうか、それは、わかりません。将来性もなにもない、ロマンチックで、文なしの若者たちで、影響というのなら、むしろぼくがあいつらに影響を与えるというのが本筋でしょう。ふたりの面倒をみているのは、ぼくなのですから。いや、男のほうは、私が全面的に扶養しているんです。じぶんのポケット・マネーからつぎつぎに金を渡して。男を見習いとして雇ったのはぼくです。それなのに、掲載可能な記事をこれまで一本も書いてない、アントニオ神父さん、どうでしょう、告解したほうがいいとお思いですか。肉欲の罪を犯したのかな。神父がたずねた。ぼくの知るかぎりでは、ぼくにとっての唯一の「肉」とやらは、これです。ペレイラはふとったじぶんのからだをゆびさしていった。それなら、ペレイラよ、私に時間を浪費させないでくれたまえ。神父がいった。ひとの告解を聴くためには精神を集中させなければならない。だが、もうすぐ私は受持ちの病人を見舞いに出かけなければいかんので、いま、疲れては困るのだ。自由にあれこれとしゃべるだけにしよう。心配ごとがあるなら、話してごらん、だが告解としてではなく、友人としてだ。

アントニオ神父はそういいながら香部屋のベンチにこしかけ、彼のよこにペレイラがすわった。アントニオ神父さん、ペレイラがいった。ぼくは、全能の父なる神を信じます、定期的に秘跡を受けています、神の十戒も守っていますし、罪を犯さないよう気をつけています。日曜にミサに行かないことはありますが、悪気があって行かないのではありません。サボっているだけです。じぶんはよいカトリック信者だと思っていますし、教会の教えを忘れることはありません。でも、いまのぼくは、すこし混乱していて、ジャーナリストでありながら、世界でなにが起きているか、あまりよくわかりません。そして、どうやらフランスの作家たちのあいだでは、スペインの市民戦争についてめいめいがとるべき立場について、大議論が進行中なようですが、よく教えていただけないでしょうか。アントニオ神父さん、あなたはなんでもよくご存じですし、異端にならぬためにはどう行動すればよいのか、ぼくは知りたいのです。ああ、きみはいったいどんな生き方をしてるんだ、アントニオ神父が大声を出した。ええ、ペレイラは一瞬、言葉につまった。一週間もパレーデにいたものですから、それに、この夏はいちども外国の新聞を買わなかったものですから、それにポルトガルの新聞にはたいしたニュースも出ていません。ぼくが知っているニュースといえば、カフェで人が話していることぐらいなんです。

供述によると、アントニオ神父は立ちあがり、ペレイラにはおそろしくみえた表情で彼のまえに立ちはだかった。ペレイラよ、いまは大変な時代なのだから、それぞれ自分の選択にしたがって行動しなければならない。私は教会の人間だから、上長の命令にしたがわねばならん。だが、きみは、きみの選択にしたがって、なにをするのも自由だ。たとえ、カトリックでも、だ。じゃあ、なにもかも説明してください。ペレイラはたのみこんだ。私は、じぶんで選択したいのですが、情勢がわかってないのです。アントニオ神父は、洟《はな》をかみ、胸のうえで手を十字に組むと、たずねた。バスクの聖職者たちの話は知っているか。いや、存じません。ペレイラは正直にいった。すべての発端はバスクの神父たちだった。ゲルニカの爆撃のあと、それまではスペインでもっともりっぱなキリスト教徒と思われていたバスクの神父らが、共和国派に組した。アントニオ神父は感動したように、もういちど洟をかんで、続けた。去年の春、フランスの著名な二人の作家、フランソワ・モーリアックとジャック・マリタンが、バスク人たちを擁護するマニフェストを発表した。えっ、モーリアックがですか？　ペレイラが叫んだ。だからぼくは、モーリアックになにか起こるといけないから、追悼文を準備するようにいったんだ。あれはりっぱな人物ですよ。なのに、モンテイロ・ロッシはそれが書けないんだ。モンテイロ・ロッシって、いったいだれだ、アントニオ神父が訊いた。ぼくの雇った見習いです。ペレイラがこたえた。でも、政治的に正しい立場をとったカトリック作家たちの追悼文を、これまで一本だって書きおおせたことがないんです。だが、どうして追悼文を書くのかね、アントニオ神父がたずねた。きのどくに、モーリアックを殺さないでほしいね。あの人はわれわれにとって必要なのだから。どうしてまた、きみはモーリアックを死なせたいのか。いや、おっしゃる意味ででしたら、ぼくだって死なせたくはありません。ペレイラがいった、どうか百歳まで生きてくれますように。それとは別に、もし亡くなるようなことでもあれば、すくなくともポルトガルには、ただちに敬意をあらわして追悼文を載せる新聞がある、とそういうわけです。もちろん、『リシュボア』がその新聞ですが。いずれにせよ、ごめんなさい、アントニオ神父さん、どうぞつづけてください。いいかな、アントニオ神父はいった、スペインの修道者が何千人も共和国派の連中に殺されたとヴァチカンは発表していて、バスクのカトリック教徒を「アカのキリスト教徒」と公けに糾弾したばかりか、彼らは破門されるべきだとして、じじつ破門にしたものだから、問題がこじれた。それなのに、ポール・クローデルは、カトリックの作家であるあの有名なクローデルが、パリの鼻つまみの国粋主義協会の広報誌のまえがきに「スペインの殉教者たちにささげる歌」という詩を書いて、修道者たちの死を悼んだのだ。クローデルがですか。ペレイラがたずねた。あのポール・クローデルが？　アントニオ神父はもういちど洟をかんでからいった。そうだよ、あの人がだ。きみはこれをどう説明するかね。いますぐには、なんといえばよいのかわかりません。ペレイラは口ごもった。あの人もカトリックですが、別の立場をえらんだのでしょう。あの人の選択ということです。いますぐに意見がいえないとはどういうことだ、ペレイラ。アントニオ神父が声をとがらせた。クローデルめはとんでもないクソ野郎だ。わかったか。教会のなかで、悪態をつくのは申しわけないが、ほんとうなら、広場でどなってやりたい。それで？　ペレイラがさきをうながした。それから、とアントニオ神父はつづけた、その他スペインの高位聖職者たちが、トレド大司教のゴマ枢機卿をかしらに、世界中の司教たちに公開書簡を送る決意をした。まるで世界中の司教が、あいつらとおなじくファシストだとでもいうようにな。うわさにきくと、スペインのキリスト教徒は、各自の責任において武器をとったということだ。宗教の原則を守るために。ええ、でもそれではスペインの殉教者はどうなるんですか。修道者が殺されたんですよ。アントニオ神父はちょっと口をつぐんでから、いった。殉教者かもしれないさ、だが、じっさいは、みんな共和国派に反対して陰謀をたくらんでいた連中だ。それに、いいか、共和国は合憲だ。国民が投票で決めたんだ。クーデターを起こしたフランコが悪党なのだ。それじゃ、ベルナノスは、とペレイラがたずねた。ベルナノスはどうなんです。あの人もカトリック作家です。スペインをほんとうに知っているのは、あの人だけだ。アントニオ神父がいった。三四年から去年までスペインにいたから、フランコ軍の大殺戮についてちゃんと書いている。彼を、ヴァチカンは我慢できない。あの人はスペインを知りつくしているからな。アントニオ神父さん、ペレイラがいった。ぼくは『リシュボア』の文芸面にベルナノスの『田舎司祭の日記』から一、二章、訳して載せようと思っています。アイデアとしては悪くないでしょう。すばらしいと思うよ、アントニオ神父がこたえた。だが、新聞に載せられるかどうか。ベルナノスはこの国ではあまり愛されていない。ヴィリアート大隊についてかなり渋いことを書いたからな。そうだ、フランコ側で戦うためにスペインに行ったポルトガル部隊のことだ。だが、ペレイラ、私はこれで失敬するよ。病院に行かなくては。病人たちが待ってる。

ペレイラは立ちあがって、いった。さよなら、アントニオ神父さん。時間をさいていただいて、もうしわけありません、このつぎは告解しに来ます。その必要はあるまい。アントニオ神父がこたえた。まず、なにか罪を犯してから、来るんだな。時間の浪費をさせないでくれ。

ペレイラは外にでると、国立印刷局通りの坂を息を切らせながら登った。サン・マメーデ教会のまえまで行くと、小さな広場のベンチに腰をおろした。教会のまえで十字架のしるしをすると、ながながと足をのばして、すこし涼んでゆくことにした。レモネードが飲みたかった、しかも、ちょうどそばにカフェがあった。だが、彼はがまんした。日陰で休んでいくだけにして、靴をぬぐと、足をすこし冷やしてやった。それからゆっくりした足どりで、編集室にむけて歩きだした。遠いころの記憶について考えながら。ペレイラの供述によると、彼は子供のころのことを考えたそうだ。ポヴォア・ド・ヴァジムで祖父母たちとすごした幸福な幼年時代、いや彼がそう思っていただけなのかもしれないのだけれど。ペレイラは子供のころのことには触れたがらない。というのも、彼はこの事件とも、また、彼があんなに困憊して、夏の衰えがみえはじめていたあの八月の末の午後とも、なんの関係もないことだといいはるのだ。

階段を上がったところで管理人が鄭重に挨拶をすると、いった。こんにちは、ペレイラさん、今朝は郵便も電話もありませんでした。電話？ ペレイラは開いた口がふさがらなかった。あんたが編集室に入ったんですか。いいえ、セレステは勝ちほこったようにいった。今朝、警察の人といっしょに電話局の係員が来て、お宅の電話を管理人室の電話につないで行ったんですよ。あたしは信頼がおける人間だからだそうです。そうさ、あんたは、あいつらにとっては、かぎりなく信頼がおける人間だろうよ、ペレイラはそういってやりたかったが、なにもいわないで、たずねた。じゃ、ぼくが電話をかけたいときは？ 交換を通せばいいんです。セレステがうれしそうにこたえた。あたしがきょうからあなたの交換手ですわ。電話番号をあたしにいってくだされればいいんです。こんなことは、あたし、やりたくなかったんですよ、ペレイラさん。午前中は仕事があるし、四人分の昼食をつくるんですよ。あたしは四人に食べさせてるんですからね。子供たちはあるものでがまんするけれど、夫はおそろしくうるさいものですからねえ。それは階段中にただよっている揚げ物の臭いでわかりますよ。ペレイラは、それだけいった。編集室に入ると、受話器をはずして、前夜、マルタがくれた紙切れをポケットから出した。手書きの原稿で、空色のインクで書きはじめた文章はこうだった。「きょうのこの日」。「一九三〇年、すなわち八年まえのきょう、モスクワで偉大なる詩人ウラヂーミル・マヤコフスキーが他界している。失恋のすえのピストル自殺だった。森林調査官の息子として生まれ、少年のころボルシェヴィキ党員となり、三度逮捕され、ロシア帝国警察の拷問をうけた。革命ロシアを世界にひろめ、ロシア未来派に参加したが、このグループはイタリアの未来派とは政治的に異質なものである。彼は汽車で国中を旅し、村々で自分が書いた革命的な詩を朗読した。民衆は彼を熱狂的に迎えた。彼は芸術家であり、すぐれた画家でもあり、詩人で演劇人であった。彼の作品はポルトガル語には訳されていないが、リスボンのオウロ街の書店に行けば、フランス語版を買うことができる。彼は偉大な映画監督エイゼンシュテインの友であり、いくつかの映画の制作に、協力した。散文、詩、劇作品など数かぎりない作品を残している。偉大なる民主主義者、熱烈なる反帝国主義者を感嘆とともに記憶したい」

それほど暑いわけではなかったのだが、ペレイラは首すじに汗をべっとりかいていた。まったくばかげたとしかいいようのないその原稿を棄てようと思ったのだが、「追悼記事」と書いたファイルをひらいて、そのなかに入れた。そのあと、供述によると上着をはおり、もう家に帰る時間だと思った、という。

20

その土曜日の『リシュボア』に、アルフォンス・ドーデの『最後の授業』の訳が載った。それはどうということなく検閲をパスし、ペレイラは、やっぱりフランスばんざいと書いてもだいじょうぶなのだ、カルドーソ博士はまちがっていたと思った。だが、こんどもペレイラは翻訳に署名しなかった。短篇の訳者として文芸面編集長の名を入れるのは、いくらなんでもおかしいと思ったからで、そんなことをすれば、だれもに文芸面は結局なにもかも彼がひとりで書いていることがばれてしまうし、それでは困るのであった。自尊心のためでした、と彼は供述している。

ペレイラが大満足でその短篇を読んだのは、日曜の朝の十時、彼は早ばやと編集室に来ていた。というのも、その日、彼はひどく早起きしてしまったので、ここに来て、ベルナノスの『田舎司祭の日記』の第一章を訳しはじめたのだったが、仕事は気持よくはかどっていた。そのとき、電話がけたたましく鳴った。このところ、ペレイラは受話器をはずしておいた。というのも管理人が交換することになって以来、彼女に電話をつながれるのが、がまんならなかったからだ。もしもし、やはりセレステの声だった。お電話がかかっています。パレーデのかよー療法のクリニックからです。海洋療法だ、ペレイラがいいなおした。なにかそんなことです、セレステの声がいった。おつなぎしましょうか、それとも、おいでにならないといいましょうか。つないでください、ペレイラがいった。プツンと機械の音がして、声がいった。もしもし、こちらはカルドーソです。ペレイラさんをおねがいします。わたしです、ペレイラがこたえた。カルドーソ先生、おひさしぶりです。こちらこそ、ごぶさたしています、カルドーソ医師がこたえた。おげんきですか、ペレイラさん。ぼくのいったダイエットを守っていますか。できるだけは、とペレイラがこたえた。できるだけは守っていますが、いろいろとあって。ペレイラさん、とカルドーソ医師がいった。ぼくはこれからリスボン行きの汽車に乗るところですが、お話ししたいことがあります。きのう、ドーデの短篇を読みましたが、すばらしかった。あれについてお話ししたいんです。昼食をごいっしょというのはどうでしょう。カフェ・オルキデアを知ってますか、ペレイラが訊いた。アレシャンドレ・エルクラーノ通りです。ユダヤ人の肉屋のすぐそばの。知ってます、カルドーソ医師がいった、何時にしましょうか。一時ではどうでしょう、ペレイラがこたえた。もしよろしければ。いいですとも、カルドーソ医師がこたえた。それでは一時にお会いしましょう。管理人が会話を聴いていたのは確実だったが、ペレイラはもうどうだっていいと思った。聴かれてわるいことは、なにもいわなかったのだから。彼はベルナノスの小説の第一章を訳しつづけたが、こんどは受話器をはずしておいた、と供述している。一時十五分まえまで仕事をし、上着をはおると、ポケットにネクタイを入れて、外に出た。

カフェ・オルキデアに行くと、カルドーソ医師はまだ来ていなかった。ペレイラは扇風機の近くにテーブルをこしらえさせて、そこにすわった。食前の飲物には、のどがかわいていたのでレモネードをとったが、砂糖は入れないようにいった。給仕がレモネードをもってきたとき、ペレイラはたずねた。なにかニュースはあるかい、マヌエル。矛盾だらけのニュースです、と給仕がいった。現在、スペインはかなり静かだというのと、民族主義者たちは北部を占拠した模様で、共和国軍は中部で優勢、第十五国際旅団がサラゴサでめざましい戦果をおさめたといったところです。中部は共和国軍の手におちて、フランコを応援しているイタリア軍は卑劣な行動に出ているそうです。ペレイラはちょっと笑うと、たずねた。それで、きみは、どっちの味方なんだ、マヌエル。あっちについたり、こっちについたりです、給仕がこたえた。どちらも強いですからね。でも、共和国軍を征伐しに出ていった、わがヴィリアートの青年たちというのは、気に入りません。わが国も、よく考えれば共和国ですし、国王は一九一一年に追放してるんですからね。共和国軍を敵にまわす動機がどういうのか、ぼくにはわかりません。まったくだ、ペレイラがうなずいた。

そのとき、カルドーソ医師が入ってきた。ペレイラはこれまで白い手術着姿の彼を見なれていたものだから、ふつうの格好をしている彼を見て、いつもより若くみえると思った。カルドーソ医師は縞のワイシャツに、白っぽい上着を着ていたが、少々暑さにまいった様子だった。彼がにっこりしたので、ペレイラもおなじように笑いかえした。ふたりは握手して、カルドーソ医師が席についた。なんともすばらしい、カルドーソがいった。すばらしい。ほんとうにすばらしい短篇だ。ドーデがあれほど力づよい文章を書くとはしりませんでしたよ。ぼくはお目にかかって、お祝いをいいたかったのです。でも、あなたが署名なさらなかったのは残念です。あの短篇の下にお名前があれば、どんなによかったか。あのページ全部を、編集長であるこの男がひとりでやっていると読者に知られたくなかった、とペレイラは辛抱づよく説明した。新聞らしく他にも書き手がいると読者に思われたかった。それも、もとをいえば、『リシュボア』のためですから。

ふたりは、魚介類のサラダを注文した。ペレイラは香草入りのオムレツのほうがよかったのだが、カルドーソ医師の目のまえでそれを注文する勇気はなかった。あなたの主導的エゴが何点か勝ちとったのではありませんか。小声でカルドーソ医師がいった。どういう意味で？　ペレイラがたずねた。とうとう「フランスばんざい」と書いてしまった、という意味で、です。もっとも、他人の口を借りてではありますけどね。それはたしかにうれしかったですよ、ペレイラも認めた。それから、さも世情に通じているようなふりをして、こうつけくわえた。ごぞんじですか。第十五国際旅団がスペイン中部で勝っているのをごぞんじですか。どうやらサラゴサで戦果をあげたようです。あまり楽観しないほうがいいですよ、ペレイラさん。カルドーソ医師がいった。ムッソリーニがフランコに潜水艦をぼんぼん送った様子ですし、ドイツは空軍で援助しています。共和国軍は、抗しきれないでしょう。それでも、彼らにはソヴィエトが付いています、ペレイラが反対した、国際旅団もです。あらゆる国の人たちがスペインになだれこんで、共和国軍を援助しようとしています。ぼくは、あなたほど楽観的ではありませんね、カルドーソ医師はおなじことをくりかえした、お伝えしたかったのは、こんど、サン・マロの病院と話し合いが成立して、ぼくは二週間後には出発するということです。私を置いていかないでください、カルドーソ先生、ペレイラはいいたかった、おねがいですから、私を見捨てないでください、と。だが、彼はこういった。私たちを置いていかないでください。この国の人たちを置いていかないでください。この国はあなたみたいな方を必要としているのです。そうでしょうか、カルドーソ医師がいった、ほんとうは私など必要としてないようですよ。あるいは、私が国を必要としてないのかもしれない。破滅がくるまえに、フランスに行ったほうがよいと思うのです。破滅、いったいなんの破滅ですか。ペレイラがたずねた。さあ。カルドーソ医師もはっきりは答えられなかった。なにか大変なことが起こりそうな気がするんです。総体的な破滅というのか。でもあなたを怖がらせるためにいってるのではありませんよ、ペレイラさん、たぶん、いまはあなたのあたらしい主導的エゴが発達途上にあって、そのためにはしずかな環境が必要です。でも、ぼくは国をはなれます。ときに、あなたのところにいる若い連中はどうしてますか。最近、知り合って、あなたの新聞の原稿を書いている若い人たちのことです。原稿を書いているのは、ひとりだけです。ペレイラがこたえた。これまでに、まだ、掲載できるような原稿は書いてくれていません。まあ聞いてください、きのうは、ボルシェヴィキ革命を賞讃した、マヤコフスキーについての原稿を送ってきたのですから。掲載できない原稿に、なんで私が金を払いつづけるのかわかりません。相手が金に困っているからでしょうか、うん、それはたしかなんですが。それにガールフレンドもなにやら厄介なことになっているようです。

私が、彼らの唯一の連絡場所になっているんです。あなたは、ふたりを援助してあげたいのですね、カルドーソ医師がいった。それは、わかります、でも、じっさいに助けてやりたいと思っているほどは、やってないでしょう。あなたの主導的エゴが、いよいよ表層に出てきたら、そのときはもっとさいますよ、ペレイラさん。ごめんなさい、ずいぶんあけすけにいってしまいました。それでは、きいてください、カルドーソ先生、ペレイラがいった。あの青年を私がやとったのは、追悼原稿と「きょうのこの日」というコラムを書かせるためなのに、私に送ってきたものといえば、正気とは思えない、革命的な原稿ばかりです。まるで私たちが住んでいる国のことも、わかってないような。あの青年にはずっと私が金をはらいつづけてきました。新聞の経費にたよりたくないからです。編集部長にも、めいわくをかけたくありません。私はあの青年を庇護し、彼のいとこを隠してやりました。なんだかしょぼくれた奴だったし、スペインの国際旅団で闘争しているというものだから。いまも金は送りつづけていて、あいつはアレンテージョのあたりをうろつきまわっています。これ以上、なにができますか。その青年に会いに行ってやることができます、カルドーソ博士はすらりといってのけた。会いに行くですって? ペレイラが大声をあげた。アレンテージョまで追いかけていって、私があいつの潜行先をひとつひとつたずねて歩くのですか。だいいち、どこに行けばいいのかもわからないのに。ガールフレンドにたずねれば、かならず知っていますよ、カルドーソ医師がいった。彼女は知っていてもあなたにはいわない。それは、まだあなたをすっかり信用してないからですよ、ペレイラさん。でも、あなたがこれまでのようにびくびくするのをやめれば、彼女の信頼を得ることができますよ。あなたのスーパー・エゴはずいぶん強いのですよ、ペレイラさん。それでそのスーパー・エゴがあなたのあたらしい主導的エゴと闘っているのです。あなたのたましいのなかで進行しているこの争いをもって、あなたは自分自身と衝突しておいでです。そのスーパー・エゴを捨てなければ。ふるい残りカスなんですから、行くべきところに行かせればいいのですよ。それでは、私らしさのなにが残りますか、ペレイラが訊いた。私には、じぶんなりの記憶があり、これまでの人生があります。そして、コインブラの、そして妻の思い出があり、大新聞社の記者として働いたキャリアがある、そんな私の、なにが残るのですか。哀惜の消化というのは、とカルドーソ医師がいった、フロイト的表現です。すみません、ぼくはいろいろな説を混合する主義でして、あちこちから引っ張ってきます。あなたは哀惜を消化してしまう必要がおありです。過去の生活に別れをつげて、現在に生きないとだめです。いまのような生き方をしていてはだめです。ペレイラさん、過去のことばかり考えていてはいけませんよ。それでは、記憶はどうなるのでしょう、ペレイラがたずねた。それに、私が生きてきた事実は？　それはただの記憶として残るはずです。カルドーソ医師がこたえた。でも、記憶は、いまほど強くあなたの現在にのしかからないはずです。あなたは、過去によりかかって生きているんです。まだ三十年まえのコインブラに生きているみたいに、まだ奥様が生きておいでかのように、あなたは生きています。もしこのままいけば、思い出に支配される人間になってしまいますよ。そのうち奥様の写真と話し始めたりして。ペレイラはナプキンで口をぬぐうと、声を低めていった。それはすでにやっています、カルドーソ先生。カルドーソ医師はにっこりした。病院のお部屋で奥様のお写真を拝見しました、それで、この人はこころのなかでいつも奥さんの写真に話しかけているにちがいない、きっとまだ哀惜を消化していないのだ、そうぼくは思ったんです、ペレイラさん。ほんとうをいうと、あたまのなかで話しているわけではありません、ペレイラがいった。声を出して話します。私のことを、なにもかも写真に話します。まるで写真が返事でもしてくれるように。それはみな、スーパー・エゴが命令する幻想なのです、カルドーソ医師がいった。あなたは奥様におっしゃるようなことを、だれかとお話しなさらなければいけません。でも、とペレイラはいった。それが本音だったのだ。私にはだれもいないのですから。私はひとりです、私には、コインブラ大学の教授をやっている友人がいます。このあいだブサオの鉱泉場で会ってきましたが、翌日、私は帰ってきました。その友人にがまんできなかったからです。大学の教授なんて、だれも現在の政治状況に満足しているんです。その男も例外ではありません。それから、私の編集部長がいますが、この人物は政府のデモがあれば、かならず出かけて行くような人です。槍かなんぞのように、右腕をさっと伸ばして。あんな人間と話なんてできるものではありません。それから、編集室のあるビルの管理人がいます。セレステという女ですが、これが警察のスパイです。いまや私の電話をいちいち彼女がとるんです。それから、モンテイロ・ロッシがいますが、潜行中ですし。モンテイロ・ロッシというのは、最近、知りあったという青年ですか。カルドーソ医師が訊いたので、ペレイラがいった。私のところの見習いです。例の掲載できないような原稿ばかり書く男です。それであなたはその青年を、いま探しておいでなのですね、カルドーソ医師がもういちどきいた。さきほどもいいましたが、その青年にお会いなさい、ペレイラさん。彼は若い、彼は未来だ。あなたは若い人たちとつきあいたがっているのですよ。たとえあなたの新聞には掲載できないような原稿を書く人間であっても。それよりも、過去とつきあうのは、もうおやめなさい。未来とつきあってごらんなさい。すばらしい言葉ですね。未来とつきあう、か。ペレイラがいった。なんてすてきな表現だろう。私だったらとても考えつきませんよ。ペレイラは砂糖ぬきのレモネードをたのむと、つづけた。それにしても、あなたという人と、カルドーソ先生、あなたとお話しするのはこんなに愉しいのに、あなたは私たちを見捨てて国を出ていく、あなたは、私を捨てていかれる。私をひとりにして。だから、私は妻の写真と話すほかないのです。わかってくれますか。カルドーソ医師はマヌエルがもってきたコーヒーを飲みながら、いった。もしあなたが来てくだされば、サン・マロでお話しできますよ、ペレイラさん。カルドーソ医師がいった。この国があなたに合っているとはかぎりません。ここには思い出も多すぎます。あなたのスーパー・エゴなんかドブにすてて、あたらしい主導的エゴにゆったりした場所を空けておやりなさい。たぶん、また別の機会にお目にかかりますよ、そのときは、別の人間におなりでしょう。

カルドーソ医師が勘定を払うといってゆずらなかったので、ペレイラはよろこんで受けた、という。前夜、マルタに渡した二枚の紙幣で、彼の財布の中味はやや心細かったからだ。カルドーソ医師が立ちあがって、いった。じゃ、いずれ、ペレイラさん。こんどはフランスで、そうでなければ、この広い世界のどこかの国でお会いできるでしょう。ではおねがいですよ、あたらしい主導的エゴに場をおゆずりなさい。彼がちゃんと生きられるように。いまは、生まれたがっているのです。おとなになりたがっているのです。

ペレイラも立ちあがって、見送った。カルドーソ医師が遠ざかっていくのを見ながら、ペレイラは、なにかなつかしい気がした。まるで、とりかえしのつかない別れだった気がした。ペレイラはパレーデの海洋療法クリニックですごした一週間のことを考えた、カルドーソ医師と話したことについて、それから、自分の孤独について。カルドーソ医師がそとに出て街に消えてしまうと、彼はとり残された気持になり、じぶんがしんそこ孤独に思えた。それから、ほんとうに孤独なときにこそ、じぶんのなかのたましいの集団に命令する主導的エゴとあい対するときが来ているのだと気づいた。そう考えてはみたのだが、すっかり安心したわけではなかった。それどころか、なにが、といわれるとよくわからないのだが、なにかが恋しくなった、それはこれまで生きてきた人生への郷愁であり、たぶん、これからの人生への深い思いなのだったと、そうペレイラは供述している。

21

つぎの朝、ペレイラは電話に起こされた、と供述している。まだ夢をみていて、その夢は夜っぴてみつづけていたような気がした、ひどくながい、幸福にみちた夢で、内容はこの事件となんのかかわりもないから、他人に話すことではない、と考えている。

声をきいて、ペレイラはすぐに編集部長秘書のフィリッパ嬢だとわかった。おはようございます、ペレイラさん。やわらかな声でフィリッパがいった。いま部長が出ます。それでペレイラはあたまがはっきりし、ベッドにこしかけた。ペレイラ君、おはよう。こちら部長です。おはようございます、部長、とペレイラがいった。いい休暇をおすごしでしたか。最高だった、部長がいった。最高だった。ブサオの鉱泉場はなんともすばらしい場所だが、それはもうきみには話したでしょう。ぼくのまちがいでなければ、休暇のあと、きみにいったはずだが。あ、そうでした、ペレイラがいった。バルザックの短篇が出たときにお電話をいただいてました、もうしわけありません。いま目がさめたばかりで、まだあたまがぼんやりしていたものですから。そうかい、だれにでも、あたまがぼんやりすることがときにあるさ。きみも、そういうことがあるのか。部長がいった。まあ、あります、ペレイラがこたえた。とくに朝は、血圧が低いので。血圧なら塩がいい、と部長が忠告した。舌の裏にすこし塩をいれてやると、血圧の上下はコントロールできる。だが、きみにこんなことで電話したんじゃあない。きみの血圧じゃないんだ、ペレイラ君。きみはすこしも本社編集部に顔を出さないな。これは問題だよ。きみはロドリゴ・ダ・フォンセカ街の編集室にこもりきりで、きみの企画を私に話しにくるでなし、なにもかも自分の思いどおりにやっているね。いや、部長、ペレイラはいいわけをした。もうしわけありません。でも、私にすべてをまかせてくださったのではありませんでしたか。文芸面は私の責任でやれとおっしゃったでしょう。すなわち、私の思いどおりにやれとおっしゃったのではないですか。考えたとおりにやることに異議はありませんよ。部長がいった。それにしても、ときには私に相談してくれてしかるべきではないだろうか。そうできれば私もありがたいです。ペレイラがいった。いまのところ私はひとりでやっていますが、文芸面をひとりでぜんぶやるのは、無理です。それに、部長は、このあいだおれは文芸はやりたくないとおっしゃったではありませんか。じゃ、きみの見習いはどうなっているんだ。見習いを雇ったといってなかったかい。はい、ペレイラがこたえた。でも、まだ彼の原稿は未熟すぎます。それに、いまのところ、興味のありそうな作家はだれも死んでないものですから。それに若い男なので、夏休みがほしいといって。海水浴に行ったようすで、もうひと月近くも連絡がありません。じゃあ、クビにしなさい、ペレイラ君、部長がいった。原稿が書けもしないで、休暇に出かける見習いなんて、役に立たんだろう。今回は大目にみてやりたいです、ペレイラはあわてていった。仕事を覚えさせなければなりませんから。ただ、いまは経験がないだけです。しばらくは下積みで覚えさせなければ。会話がそこまできたとき、フィリッパ嬢のやさしい声がはいってきた。部長、もうしわけありませんが、民事省からお電話がはいっています。なにか緊急のようです。よし、ペレイラ君、部長がいった。二十分ほどしたら、もういちどかける。それまでよく目をさまして、塩を舌の裏がわで溶かしておきたまえ。なんでしたら、こちらからお電話いたしましょうか、ペレイラがたずねた。いや、部長がいった。せかされるのはいやだ。用がすんだら、こちらからかける。じゃあ。

ペレイラはベッドをはなれると、手ばやく風呂をすませた。コーヒーをいれ、クラッカーを一枚食べた。服を着て、玄関の間に行くと、妻の写真にいった。部長からの電話だよ。なにか気にいらないことがあるらしいんだけれど、まだ犬みたいに骨の周囲をまわってるだけで、咬みつくところまでいってない。なにをぼくにいいたいのかわからないのだが、咬みたがっているのはたしかだ。どう思う？　妻の写真は例のごとく漠然とほほえみを返しただけだったので、ペレイラはつづけた。うーん、しかたがないさ。ぼくにやましいことはない。すくなくとも新聞に関してはね。十九世紀のフランスの短篇ばかり訳しているのだから。

食堂のテーブルに行くと、彼はリルケについて原稿を書こうとしたが、ほんとうは、リルケについてなにも書きたくないのがわかった。あんなに洗練された、上流社会ばかりに出入りしていた男なんて、クソくらえだ、とペレイラは思った。それでベルナノスの小説をすこし訳しはじめたが、すくなくとも冒頭のところは、思っていたより時間がかかったし、まだ一章だったから、物語にはいったわけではなかった。すると、電話が鳴った。また、おじゃまします、ペレイラさん、いま部長が出られます。やさしいフィリッパ嬢の声だった。数秒待つと、重々しい、ゆっくりした部長の声がした。ええっと、ペレイラ君、どこまで話したかな。私がロドリゴ・ダ・フォンセカ街の編集室にこもりきりだとおっしゃってました、部長。ペレイラがいった。でも、あそこが私が文芸面の作業をしている、仕事場なんです。あれがなかったら、新聞社で私はなにをすればよいのかわかりません。本社のジャーナリストとは面識もないし、社会記事はよその新聞でながいことやってましたが、こちらに来てからはそれを続けるのでなくて、文芸面をまかせるとおっしゃったのは、あなたです。私は政治記者ともつながりがありませんし、なにをしに新聞社に来てよいのかわかりません。泣き言はそれでじゅうぶんかな、ペレイラ君。部長がいった。もうしわけありません、部長、ペレイラがあやまった。泣き言をいうつもりはなくて、ただ、申し開きしたかっただけです。わかった。私がたずねたいのは、ごく単純な質問だ。きみはどういうわけで、部長のところに話しに来ないのかね。それは、あなたが、おれは文芸と関係がないとおっしゃったからではありませんか、部長。ペレイラがこたえた。いいかい、ペレイラ君、部長がつづけた。きみは耳がきこえないのか、それとも理解したくないのか、私がきみを呼び出したんだよ、わかるね。私にときどき話合いをしてほしいと、ほんとうならきみが頼んでくるべきなんだよ。だが、きみがわかりたくない様子だから、私のほうが話合いをしませんかとたずねている。もちろん、よろこんで、とペレイラはいった。すぐにでもうかがいます。そうか。部長がいった。では、五時に本社に来てくれたまえ。じゃ、これで。いい一日をすごしなさい、ペレイラ君。

ペレイラはすこし汗ばんでいるのに気づいた。わきの下が濡れていたのでワイシャツを着がえると、編集室に行って午後の五時まで待とうと考えた。だが、編集室に行ったところでなにもすることはないうえに、セレステの顔をみたり、受話器をはずしておいたりするのもいやだったから、そのまま家にいるほうがましだと思った。そこで彼は食堂のテーブルに戻ると、ベルナノスを訳しはじめた。たしかに、複雑な小説だったし、なかなか進まない。第一章を読む『リシュボア』新聞の読者はなんと思うだろう。そうはいっても、すこしは捗り、二、三ページは訳しおわった。昼食の時間がくると、じぶんでつくろうかと思ったが、食料の貯えが底をついていた。ペレイラはそこで、カフェ・オルキデアならなにか食べるものがあるし、すこしおそく行けば、そのまま本社に出られると思った、と供述している。彼は白服に黒いネクタイをしめて出かけた。路面電車でパソ広場まで出て、アレシャンドレ・エルクラーノ街行きの電車にのりかえた。カフェ・オルキデアに着いたのは三時近くで、給仕は準備したテーブルを片づけはじめていた。こちらへどうぞ、とマヌエルが親切にいってくれた。ペレイラさんでしたら、時間外だってなにかできますよ。お昼はまだなんでしょう。新聞記者もたいへんですねえ。そうだなあ。ペレイラはこたえた、とくに、なにが起きているのかさっぱりわからないこの国とおなじで、なにも知らない新聞記者にとってはね。なにかニュースはないだろうか。バルセロナの沖あいで、イギリス船が爆撃されたそうです、マヌエルがこたえた。そしてフランスの客船がダーダネル海峡まで追跡されたそうです。どちらもイタリアの潜水艦のしわざで、こういうのが、あいつら、とくいなんです。ペレイラは砂糖ぬきのレモネードをひとつと、香草入りのオムレツをたのんだ。扇風機の近くにすわったが、その日、扇風機は消してあった。消してしまったんです、とマヌエルがいった。もう夏もおわりですから。ゆうべの雷、聞きましたか。聞かなかったな、ペレイラがこたえた。ぐっすり寝ていたものだから。それにしても、私はまだ暑いよ。マヌエルが彼のために扇風機をつけてくれて、レモネードをもってきた。それからワインをすこし、どうですか、ペレイラさん、いつになったらワインをとってぼくをよろこばせてくれるんですか。ワインは心臓にわるいんだよ。ペレイラがいった。きょうの朝刊はあるかしら。マヌエルが新聞をもってきてくれた。大見出しにはこうあった。「カルカヴェロシュの浜で砂の彫刻。広報大臣がよい子芸術家たちの展覧会開会を宣言」。半ページいっぱいに浜辺の少年少女芸術家たちの作品の写真がのっていた。人魚姫、船、ボート、クジラ。そしてページをめくると、こんな小見出しが目についた。「駐スペインポルトガル軍の激しい抵抗」。本文には「わが兵士らはイタリア潜水艦の掩護射撃を受け、あらたに戦闘で功績」とある。ペレイラはその記事を読む気がしなかったので、新聞を椅子に置いた。注文したオムレツを食べおわると、もう一杯、砂糖ぬきのレモネードをたのんだ。それから勘定を払うと、ぬいであった上着をはおり、『リシュボア』新聞の本社編集部をめざして歩きはじめた。着いたのは、まだ五時十五分まえだった。ペレイラはカフェにはいって、蒸留酒を一杯たのんだ。心臓にわるいのはわかっていた。しかたないさ、と思った。それから『リシュボア』の本社編集部がある古いビルの階段を登って行って、フィリッパ嬢に声をかけた。おいでになったこと、お知らせしてきますわ。フィリッパ嬢がいった。いいよ、ペレイラがこたえた。ぼくが行くから。いま五時きっかりで、部長とは五時に会うことになってるんだ。ドアをノックすると、お入り、と部長の声がした。ペレイラは上着のボタンをかけてから、なかに入った。編集部長は日焼けしていた。まっくろに日焼けしていた。鉱泉場の庭でゆっくり日光浴を愉しんだにちがいない。部長、私です、ペレイラがいった。うけたまわります。すべておっしゃってください。すべて、でも足りないな、ペレイラ。部長がいった。もうひと月以上も会ってないじゃないか。鉱泉場でお目にかかりました。ペレイラがいった。あのときは、なにもおっしゃってませんでしたが。休暇中は別だ。部長が憮然としていった。休暇中の話をするのはよせ。ペレイラはデスクのまえの椅子にかけた。部長は鉛筆を手にとると、それを机のうえでくるくるとまわしはじめた。ペレイラ君、部長がいった。きみさえよければ、ざっくばらんな口をきかせてもらうよ。もちろん、けっこうです、ペレイラがこたえた。いいか、ペレイラ、部長がいった。ぼくらは知り合ってからあまり日がない。新聞社が創立されてまもないからだが。だが、きみが優秀な新聞記者だということは知っている。きみは社会部記者として三十年以上も仕事をした。人生の経験もあるだろうし、ぼくのいうことはわかってくれると信じている。できるだけのことはします、とペレイラが答えた。そうか、それなら、と部長がいった、こんどのことには驚かされたぞ。は？　なんでしょう。ペレイラがたずねた。きみがフランスをベタ褒めしたことだ。編集長がいった。きみは当局の方々のご機嫌をひどく損じた。私がフランスをベタ褒めしたって、どういうことでしょう。ペレイラがきょとんとしてたずねた。ペレイラァ！　部長がどなった。きみはアルフォンス・ドーデの短篇で普仏戦争の話をのせただろう。あの最後の文章が、「フランスばんざい」で終ってるじゃないか。あれは十九世紀の話です、ペレイラがこたえた。十九世紀の話にはちがいないさ。部長がつづけた。それはちがいないが、内容は対ドイツ戦争だ。おい、ペレイラ、知らないとはいわせないぞ。ドイツはわが国の同盟国だ。わが国は、同盟を結んでなどいません。ペレイラがむっとしてこたえた、すくなくとも公式には。どちらだっておなじだ、部長がいった。よく考えて見ろ、ペレイラ。たとえ同盟は結んでなくとも、友好国だ。大切な友好国だ。内政についても外交面でも、われわれはドイツと意見を同じくしている。それで、ドイツがスペインのナショナリストを後押ししているから、われわれもおなじように、やっている。でも、検閲はなにもいわなかったじゃありませんか、ペレイラがいいわけをした。短篇はすんなりと通りましたよ。検閲の連中がまぬけぞろいなんだ、部長がいった。あいつらは字も読めないやつらだ。だが、検閲部長はきれる男だ。ぼくの友人だが、ひとりで毎日、ポルトガル中の新聞を読むわけにもゆくまい。だが、彼の部下はただの役人にすぎない。社会主義的あるいは共産主義的な表現が、網をくぐりぬけないように金をもらっているだけの、下っ端の警察官ばかりだから、「フランスばんざい」で終るドーデの短篇が、わかるはずがない。われわれが、目を光らせていなければならない。注意に注意をすべきなのだ。歴史と文化の経験を積んだわれわれ新聞記者が目を光らせないで、だれがそれをするというのだ。自分たちのことを厳重に監視するのは、われわれの任務だぞ。監視されているのは、私です。ペレイラはそういったと供述している。現実に、私を監視しているものがいます。もうすこしわかるようにいいたまえ。いったいなにがいいたいのだ。そこでペレイラは説明して、こういった。編集室にこんど交換台がついて、外からの電話を直接とれなくなったことを申しあげたかったんです。電話はすべて管理人のセレステがとることになりました。どこの編集室だっておなじことだ、部長がすぐにいった。おまえが留守ならだれかが電話に出て、おまえのかわりに返事をするのは当然だろう。はい、ペレイラがいった。ところが、あの管理人は警察のスパイです、確実に。よせ、ペレイラ。部長がいった。警察はわれわれを守ってくれているんだ。われわれが安心して眠れるように。警察に感謝すべきだぞ。私はだれにも感謝なんてしません、部長。ペレイラがこたえた。私は自分の職業に感謝するし、死んだ妻にもいい思い出を残してくれたことに感謝しています。よい思い出というものにたいしては、つねに感謝すべきものだ。部長は一歩、後退していった。だが、きみ、ペレイラよ。文芸面が出るときは、ぼくにまず見せるんだな。これだけは守ってもらいたい。でも、さっきもいったとおり、あれは愛国主義にみちた短篇でした。ペレイラはゆずらなかった。それに、あなたも、いまは愛国主義が求められている時代だといわれたではありませんか。部長はたばこに火をつけると、あたまを掻いた。ポルトガルへの愛国心だ、大切なのは。ぼくのいうことがわかるか、ペレイラ。きみはフランスの短篇ばかりのせている、だがフランス人はわれわれに友好的ではない。きみにわかるかどうか。いずれにせよ、いいか、わが読者諸君は、良質のポルトガルの小説を求めている。ポルトガルにだって、十指にあまる作家がいるだろう。十九世紀の作家だっていい。次号には、エッサ・デ・ケイロースの短篇をえらびなさい。彼はポルトガルのことを理解していた。それがいやなら、恋愛の情熱を謳歌し、愛と牢獄に彩られた、多難で胸おどる生涯を生きたカミロ・カステロ・ブランコはどうだ。『リシュボア』は外国かぶれの新聞ではないぞ。みずからのルーツを見つけなくてはいけない、と評論家のボラポタスさんならいうだろう、おまえの土地に帰れ、と。そんな人は知りませんね、とペレイラがこたえた。民族主義の評論家だぞ。部長がいった。われわれと競争関係にある新聞に寄稿している人だ。ポルトガルの作家は自分たちの土地に帰れ、と彼は説く。私はこれまで、自分の土地を棄てたことはありません、ペレイラがいった。私は、まるでくさびみたいに、自分の国に深くささっています。わかったよ、部長がゆずった。だが、あたらしいことを始めるときは、かならず私に相談するんだよ。よくわかりました、そういいながら、ペレイラは上着の一番うえのボタンをはずした。よし、部長はいった。われわれの話はこれでおしまいだ。これからもいい関係で行きたいものだ。もちろんです、部長、ペレイラはそういうと、部長室を辞した。

そとに出ると大風が吹いていて、木々のこずえがなびいていた。ペレイラはしばらく歩いてから、立ち止まってタクシーが来るのを待った。そのとき、カフェ・オルキデアに行こうかなと考えた。だが、その考えはすぐに変えて、自宅でミルク・コーヒーをつくったほうがいいと思った。だが、タクシーがなかなか来なくて、彼は三十分以上も待った、と供述している。

22

翌日、ペレイラは家にいた、と供述している。おそくまで寝ていて、朝食をすませ、訳していたベルナノスの小説をかたづけた。どうせ『リシュボア』紙上に載せられないのだ。それから本棚をあさって、カミロ・カステロ・ブランコの全集を探し出した。ゆきあたりばったりに短篇小説をひとつえらぶと、一ページ目を読みはじめたが、息がつまりそうだと思った。フランス人の軽さも皮肉もなくて、ひたすら暗く懐古的で、悩みと悲劇ばかりの話だった。やがてペレイラは読みあきた。妻の写真と話をしたかったのだが、対話はもうすこしあとにしようと思った。そこで、香草ぬきのオムレツをつくろうと考えつき、それを食べてしまうと、すこし横になったが、すぐに眠ってしまって、すばらしい夢をみた。起きあがると、ひじかけ椅子にすわって、窓のそとを眺めた。彼の家の窓からはすぐまえにある兵営のヤシの木が見えて、ラッパの音が聞こえた。ペレイラは兵隊に行ったことがなかったので、どの鳴らし方がなにを意味するのかはわからなかった。風に吹かれているヤシの枝を見ているうちに、子供のころを思い出したが、そのことについてペレイラは話そうとしない。それはこの事件とはなんの関係もないからだ、と主張している。

午後四時ごろ、ドアのベルが鳴った。ペレイラはそれまでうつらうつらしていたので、びくっとしたが動かなかった。だれがベルを鳴らしたのか、想像がつかなかった。もしかしたら、ピエダーデが、姉さんの手術が予定より早くなってセッバルから戻ってきたのだろうか。もういちど、ベルが鳴った。こんどはしつっこく、二度、ながいこと鳴りひびいた。ペレイラは立ち上がって、階下の大扉につながっている紐を引っ張った。階段のうえで待っていると、そっと大扉を閉める音がして、だれかが急ぎ足に階段を上がってきた。大扉からはいったその人物が踊り場に着いたとき、ペレイラは、相手がはっきりと識別できなかった。階段が薄暗いうえに、彼の視力がおとろえていたからだ。あ、ペレイラさん。よく知っている声がいった。ぼくです、入ってもいいですか。モンテイロ・ロッシだった。ペレイラはいそいで彼をなかに入れると、ドアを閉めた。モンテイロ・ロッシは、玄関の間で立ちどまった。手には小型のかばんをもっていて、半袖のシャツを着ていた。すみません、ペレイラさん。モンテイロ・ロッシがいった。すぐにぜんぶ説明します。お宅にはだれかほかにいますか。玄関番はセッバルに行って留守、とペレイラはいった。うえの階の借家人は、契約が切れたところで出ていった。オポルトに越したんだ。だれか、ぼくが入ってくるのを見た人がいると思いますか。モンテイロ・ロッシが息をきらせてたずねた。汗びっしょりで、すこしどもっていた。だいじょうぶだろう、ペレイラがいった。いったいなにをやってるんだ。どこから来たの？　あとで、なにもかも話します。モンテイロ・ロッシがいった。そのまえにシャワーを浴びて、シャツを替えたいんです。疲れてくたくたなものだから。ペレイラは彼をバス・ルームに案内して、洗いたてのワイシャツを渡した。カーキ色の彼のワイシャツだった。すこし大きいかもしれないな。がまんしなさい。モンテイロ・ロッシがシャワーを使っているあいだ、ペレイラは玄関の間の妻の写真のまえに行った。モンテイロ・ロッシが家にとびこんできたことをはじめ、いろいろ写真と話したいことがあった、とペレイラは供述している。だが、彼はなにも話さなかった。対話はあとにまわして、ペレイラは客間に戻った。まもなく、モンテイロ・ロッシは、ペレイラのぶかぶかのワイシャツに溺れそうな格好で出てきた。ペレイラさん、ありがとうございます。彼はいった。ぼく、くたくたなんです。たくさんお話しすることがあるのですけれど、なにしろおそろしく疲れているものですから。ひと眠りしたほうがいいかもしれません。ペレイラは彼を寝室に連れていって、シーツのうえに木綿のブランケットをひろげた。このうえに横になるといい。でも、靴はぬぎなさい。靴のままだと、よく眠れないものだ。安心していいよ。あとで起こしてあげるから。モンテイロ・ロッシがよこになると、ペレイラは部屋のドアを閉め、客間に戻った。カミロ・カステロ・ブランコの短篇はしまって、もういちどベルナノスをとりあげ、第一章の残りを訳しはじめた。『リシュボア』に掲載するのが無理なら、単行本として出版すればポルトガル人たちにとって役にたつ本かもしれなかった。まじめで、道徳的で、人間にとって基本的なテーマをめぐって書いた作品だった。この本なら読者の良心によい結果をもたらすだろう、ペレイラは思った。

八時になっても、モンテイロ・ロッシは起きてこなかった。ペレイラはキッチンに行くと、タマゴを四つ割ってかき混ぜ、ディジョンのマスタードをひと匙くわえ、オレガノとマヨラナを少々入れた。おいしい香草入りのオムレッをつくるつもりだった。モンテイロ・ロッシは、もしかしたら、もうれつに腹をへらしているかもしれないと思ったからだ。白いクロスをテーブルにかけ、二人分の食器をテーブルにセットした。結婚したときにダ・シルヴァから贈られたカルダシュ・ダ・ライニャ製の皿を出し、ろうそくを二本、ふたつの燭台に用意した。それからモンテイロ・ロッシを呼ぼうとして、そっと部屋に入った。ほんとうは、起こすにしのびなかったのだが。青年はあおむけに寝ていて、片方の腕がベッドからぶらりとさがっていた。ペレイラは名を呼んだが、モンテイロ・ロッシは目をさまさなかった。そこでペレイラは腕をゆすって、声をかけた。モンテイロ・ロッシ君、夕食の時間だよ。あまり寝すぎると、今晩、眠れなくなる。起きてひと口食べたほうがいいだろう。モンテイロ・ロッシは恐怖にかられたように、ベッドからころがり出た。だいじょうぶだよ、ペレイラがいった。ぼくだ、ペレイラだよ。ここは安全だ。ふたりは食堂に行き、ペレイラがろうそくに火をつけた。オムレッができるまで、貯蔵室に残っていたパテの缶詰をモンテイロ・ロッシにすすめ、キッチンからたずねた。いったいなにがあったんだ、モンテイロ・ロッシ君。感謝してます、モンテイロ・ロッシがこたえた。お宅に入れてくれて、ぼく、感謝してます、ペレイラさん。それからお金を送ってくださったことも。マルタがとどけてくれました。ペレイラはオムレッをテーブルにもっていって、ナプキンを首につけた。それで、モンテイロ・ロッシ君、いったいどういうことなんだ。モンテイロ・ロッシは、まるで一週間も食べてなかったように、食べ物にとびついた。あ、ゆっくり、とペレイラがいった。それではのどにつまってしまう。ゆっくり食べなさい。あとはチーズもあるから。そして、ぼくに話してくれないか。モンテイロ・ロッシは口のなかのものを飲みこむと、いった。いとこが検挙されたんです。どこで、ペレイラがたずねた、ぼくが連れていったペンションじゃないだろうな。とんでもない、とモンテイロ・ロッシがいった。アレンテージョで人を集めていて、アレンテージョで挙げられました。ぼくは危機いっぱつで逃げてきたんです。じゃ、いまは？　ペレイラがたずねた。いまは追われています、ペレイラさん。モンテイロ・ロッシがこたえた。ポルトガルじゅう、ぼくのことを探しているはずです。きのうバスに乗って、きょうバレイロまでやって来ました。それからカイシュ・デ・ソドレまで渡しに乗って、そこからは歩いてきました。乗物に乗る金がなかったからです。きみがここにいるのを、だれか知っているかい。ペレイラがたずねた。だれも知りません、モンテイロ・ロッシがこたえた。マルタにも知らせてありません。ええ、マルタには知らせたいのだけれど。すくなくともマルタには、ぼくが安全な場所にいることを知らせたいんです。あなたはぼくを追い出すようなことはしないでしょう？　きみがいたいだけ、うちにいればいいんだよ。ペレイラがいった。すくなくとも九月半ばまでは。いや、この家の玄関番のピエダーデが帰ってくるまでは、だ。彼女はぼくの家の面倒もみてくれているから、きみがここにいることに気づくだろう。ピエダーデは信頼できる女だけれど、玄関番だからね。玄関番は、よその玄関番としゃべる。それに、とモンテイロ・ロッシがいった。きょうから九月の十五日までには、どこかに居場所がみつかるでしょう。なんだったら、これからマルタと相談します。いいかい、モンテイロ・ロッシ、ペレイラがいった。いまはマルタをそっとしておきなさい。この家にいるかぎり、だれとも連絡はしないほうがいい。そのことについては安心して、まず休息をとりなさい。じゃ、あなたはどうされるんですか、ペレイラさん。モンテイロ・ロッシがたずねた。いまでも追悼文やら、作家の命日に出す原稿なんてことをやってるんですか。それもやっている、ペレイラがこたえた。だが、きみが送ってくれた原稿はどれも掲載できない。編集室のファイルに入れてあるが、どうして捨ててしまわないか、ぼくにもわからない。真実をお話しするときが来たようです、モンテイロ・ロッシが小声でいった。これまでだまっていて、すみません。あれはどれも、じぶんで書いたわけじゃないんです。それはいったいどういうことだ。ペレイラはあきれていった。そうなんです、ペレイラさん。じつをいうと、マルタがずいぶん手伝ってくれたんです。部分的には彼女が書いたのもあります。基本的な考えは彼女のものです。やってわるいとわかっているだろう、ペレイラが叱った。うーん、とモンテイロ・ロッシはいった。程度の問題でしょう。でも、あなたは、ペレイラさん、スペインの民族主義者たちのモットーをごぞんじですか。あいつらは、死よ、永遠に、って大声で叫ぶのですよ。でもぼくには書けません、死についてなんか。ぼくは生きることが好きなんです。だからひとりでは追悼文なんてとても書けません。死について話をしたり。いやです、ぼくには、死についてなんて書けないんです。根本的には、ぼくだってわかるよ、このところ、きくのもいやだ。ペレイラはそうこたえたと供述している。

もう夜で、ろうそくのやわらかい光があたりを照らしていた。モンテイロ・ロッシ、なぜきみにこんなふうにしてあげるのか、ぼくにはわからない。ペレイラがいった。たぶん、あなたがまじめな方だからです。モンテイロ・ロッシがこたえた。そんな単純なことじゃない、ペレイラがいった。世の中にまじめな人間はどっさりいるが、わざわざ自分から災難を求めることはしないだろう。それじゃ、ぼくにはわかりません、モンテイロ・ロッシがいった。ぼくには皆目わからない、ペレイラがいった。問題はぼく自身、どういうことなのかわかっていないことなのだ。ついこないだまで、ぼくはじぶんを問いつめてきた。でも、もうそれはよしたほうがよさそうなのだ。そのあと、ペレイラがサクランボのリキュール漬けをテーブルに持ってくると、モンテイロ・ロッシはグラスに山もりとった。ペレイラはサクランボをひとつだけと、これを漬けたリキュールを少々よそった。ダイエットを破りたくなかったからだ。

どんな様子だったか、話してくれないか。ペレイラがたずねた。きょうまで、アレンテージョ地方で、きみはなにをしてたの。ぼくたちは地方を縦断しました。安全な場所、不満がもりあがっている場所をつたい歩きしながら。ちょっとごめん、ペレイラがさえぎった。でも、きみのいとこはそういうことに向いてないようだったな。一度会っただけだが、そういった能力はなさそうだった。というのか、どこやらしっかりしてないようなところがあった。ポルトガル語を話さないし。ええ、モンテイロ・ロッシがいった。ふだんの生活は植字工なんです。書類の改竄が得意で、パスポートの偽造にかけて、彼の右に出る人間はいません。それなら、自分のパスポートぐらい、もうすこしましに偽造すればいいのに。ペレイラがいった。アルゼンチンの旅券だったが、あれでは百メートル先からでも偽造とわかったよ。あれはあいつが造ったんじゃないんです、モンテイロ・ロッシがいとこをかばった。あれはスペインでもらってきたものです。それで？ ペレイラがたずねた。ええ、ポルタレグレで信頼できる印刷工房をみつけたので、いとこはそこで仕事をはじめました。絶品でしたね、ぼくらの作品は。いとこは、かなりの数の旅券をつくって、そのほとんどはみなに渡しましたが、何冊かはぼくの手に残りました。時間がなかったんです。モンテイロ・ロッシはひじかけ椅子に置いてあったかばんをとると、なかに手をつっこんだ。ほら、これが残った分です。いいながら、彼はテーブルのうえに、まるでキャンディーでも置くみたいに、旅券をならべた。こういった書類をもってて捕まると、おそろしいことになります。

ペレイラはパスポートの束をとりあげて、これは、ぼくが隠しておく、といいながら、引出しに入れようとしたが、安全でない気がしたので、玄関の間に行って、書棚に入れた。妻の写真の真うしろだった。すまないね、彼は写真に向かっていった。でも、ここならだれも探しにこない。家中でいちばん安全な場所だ。それから客間に戻ると、いった。もうおそい。寝にいったほうがよさそうだ。でも、とモンテイロ・ロッシがいった。ぼくはマルタと連絡をとらなければ。ぼくがどうなったか、あの人は知らないんです。ぼくもいっしょに挙げられたかと思っているかもしれません。モンテイロ・ロッシ君、ペレイラがさとした。あした、マルタにはぼくが電話をかけておく。それも公衆電話からだ。今夜はおとなしく寝なさい。この紙切れに電話番号を書いておいてくれるかな。じゃ、ふたつ番号を書いておきます。モンテイロ・ロッシがいった。ひとつで返事がなければ、もうひとつにきっといます。もし、彼女が直接出なかったら、リーズ・デロネイといって呼んでください。いまの彼女の名です。わかった、ペレイラはうなずいた。ごく最近、会ったばかりだから。まるで痩せ犬みたいにやつれて、マルタだとわからないほどだ。こんな生活は健康によくないんだ。モンテイロ・ロッシ君、こんなことをしてるとからだをこわすよ。じゃ、おやすみ。

ペレイラはろうそくを消すと、どうして自分がこんなことに首をつっこんだのかと自問した。なぜモンテイロ・ロッシを泊めたりするのだ、どうして、マルタに電話をかけて符号でメッセージを送ったりする、なぜ、自分に関係のないことに首をつっこむんだ。マルタがあんなに痩せて、肩の骨が二本、まるでニワトリの手羽みたいに飛び出していたからなのか。モンテイロ・ロッシが父親も母親もなくて、ほかに逃げこむところがないのを知っているからか。あるいは、自分がパレーデに行って、カルドーソ医師に、たましいの連合の話を聞かされたからか。ペレイラにはよくわからなかったし、いまでもまだ、その答えはわからないと供述している。その夜は早く寝ようと思った。翌朝は早起きして、一日のプランを練るつもりだったからだ。それで、寝に行くまえに、玄関の間に立ちよって、妻の写真をちょっと見ていこうと考えたのだが、なにもいわずに、ただ愛情をこめて、じゃ、な、と手をふっただけだった、とペレイラは供述している。

23

八月の末のその朝、ペレイラは八時に目がさめた、と供述している。夜中になんどか目がさめたが、家のまえの兵営のヤシの葉にあたるはげしい雨の音がきこえた。夢をみたかどうかはおぼえていない。ちぎれちぎれの夢をみながら、ねむってはまた目がさめる、というのをくりかえしていたが、夢はおぼえていない。モンテイロ・ロッシは客間のソファで寝ていた。ぶかぶかのパジャマが、ほとんどシーツの代わりをしていた。まるで寒がっているみたいに、からだをまるめて寝ていたので、ペレイラはひざかけの毛布をかけてやった。起こさないように、そっと。音をたてないように気をつけて家のなかを動きまわり、コーヒーをいれると、角の店まで買物に行った。オイル・サーディンの缶詰を四つ、タマゴを一ダースほど、トマトとメロン、パン、あたためるだけですぐに食べられる干鱈のコロッケを八つ。それから、鈎にかけてあった小振りのパプリカをまぶしたロースハムが目についたので、それも買った。貯蔵室の補給ですか。わけ知りに店のおやじがいった。まあ、ね。家の面倒を見てくれるひとが、九月の半ばまで帰らないものだから。セツバルにいる姉さんのところに帰っていて、ぼくはぜんぶじぶんでやらなくちゃいけない。毎朝、買物に出るわけにもいかないからね。もし、だれか家事のお手伝いする人をお探しなら、いい人をお世話しますよ、おやじがいった。もうすこし上のほうに住んでいます。グラサのあたりですが。ちっちゃい男の子がいるんですが、だんなに置いてかれて。信頼できる人です。ありがとう、ペレイラがいった。フランシスコさん、ありがとう。でもお願いしないほうがいいみたいです。ピエダーデがどう思うかわかりませんから。家事をしてくれる女たち同士の嫉妬は、ずいぶんはげしいのですよ。ピエダーデもじぶんの立場がなくなったと思うかもしれません。冬になったら、またお願いするかもしれませんが、いまのところは、ピエダーデの帰りを待ったほうがいいような気がします。

ペレイラは家に入ると、買ってきたものを冷蔵庫にいれた。モンテイロ・ロッシはまだ眠っていた。ペレイラは置き手紙を書いた。「ハム入りのスクランブルド・エッグと、鱈のコロッケがあるから、フライパンであたためてください。でも、油をあまり入れないように。ぎとぎとになります。しっかりお昼を食べて、心配はしないように。私は夕方戻ります。マルタとはぼくが話しておきます。では、ペレイラ」

家を出て編集室に行くと、セレステがせまい管理人室でなにやらカレンダーを眺めていた。おはよう、セレステ。ペレイラがいった。なにかありますか。電話も郵便も来ていませんよ、セレステがこたえた。ペレイラはほっとした。だれも彼を探していないのはいいしるしだった。編集室に上がっていくと、受話器をはずしてから、カミロ・カステロ・ブランコの短篇を出して、印刷にまわす準備をした。十時ごろ本社に電話すると、やさしいフィリッパ嬢の声がこたえた。こちらはペレイラですが、ペレイラがいった。部長につないでくれますか。フィリッパがつないでくれて、部長の声がもしもし、といった。こちらペレイラです、ペレイラがいった。社に出ているとご連絡したしただけです、部長。ようし、部長がいった。きのうは探したんだが、編集室にいなかったな。気分がよくなかったもので、ペレイラはうそをついた。心臓の調子がおかしかったので、家にいました。わかったよ、ペレイラ、部長がいった。私が知りたかったのは、こんどの文芸面にはなにを出すつもりかということだ。カミロ・カステロ・ブランコの短篇を載せます。ペレイラがこたえた。部長がお薦めくださったので。十九世紀ポルトガルの作家ならだいじょうぶでしょう。どう思われますか。完璧。部長がこたえた。だが、「きょうのこの日」のコラムはつづけてほしいな。リルケはどうかと思いましたが、とペレイラがいった。まだ、書いていません、ご承諾をいただいたほうがいいだろうと。リルケか。部長がいった。聞いたことのある名だな。ライナー・マリア・リルケです。ペレイラが説明した。チェコスロヴァキアの生まれですが、ドイツ語で書いたから、オーストリアの詩人といっていいです。二六年に死にました。おい、ペレイラ、部長がいった。きみにいったように、『リシュボア』は外国崇拝の新聞になるのかな。きみはどうして、祖国の詩人のことを記事にしないのか。わが偉大なるカモンイスをなぜとりあげない。カモンイス？　ペレイラがこたえた。でも、カモンイスは一五八〇年に死んだのですよ。ほとんど五百年もまえです。それはそうだが、部長がいった、わが国の偉大なる詩人であることに変りはないだろう。いつだってあたらしい。それに広報省の、いやもとの文化省だが、広報省のアントニオ・フェッロがやったことをきみは知っているか、カモンイスの生誕日をなんとか民族の日とかさなるようにするという、卓抜なアイディアを出したんだ。その日にはカモンイスを記念し、同時にポルトガル民族を祝うというのだから、きみはその日に記念記事を書くようにしろ。だが、カモンイスの日は六月十日じゃありませんか。ペレイラがむっとしていった。部長、八月の末にカモンイスのお祭りをして意味があるでしょうか。だが、六月十日には、まだ文芸面がうちの新聞になかった。部長が理屈をこねた。そのことをきみが記事でことわればいいだろう。それにカモンイスを褒めるのなら、いつだっていいはずだ。わが国の偉大な詩人であることに変りはないし。そして、ついでに民族の日を引合いに出せばいいだろう。そのことに触れるだけでいいんだ。読者はわかるだろう。恐縮ですが、部長。ペレイラはおそるおそるいった。ひとつだけ、もうしあげたいことがあります。ポルトガル人はもともとルシタニア人でした。それからローマ人が来たり、ケルト人が来たりしました。そのあとにはアラブ人が来たわけですが、われわれポルトガル人のどこが民族なのでしょう。ポルトガル民族か、部長がいった。わるいが、ペレイラ君、きみの反論はなにやらうさんくさいぞ。われわれはポルトガル民族で、世界を発見したのもわが国民だし、地球一周の大航海をなしとげたのも、ほとんどみなポルトガル民族だった。十六世紀にこれを遂行したときに、われわれはすでにポルトガル人だった。これがわれわれなんだから、そのことをきみはほめればいい、ペレイラ君。そこで部長はすこし息をいれると、つづけた。ペレイラ君、このあいだ、きみと話すときには親しい仲の口調でいこうといったね。どうしてきょうは、こんなに改まってしまうのかな。どちらでも、ぼくはけっこうです、部長、とペレイラはこたえた。たぶん、電話だとこうなってしまうのでしょう。そうかな、部長がいった。どちらにせよ、よく聞いてくれ、ペレイラ。ぼくは『リシュボア』がしっかりとポルトガル的な新聞であってほしい。それはきみの文芸面とても変らない。もしも民族の日について記念の記事を書きたくなかったら、カモンイスについては書いてくれたまえ。なにもないよりはましだ。

ペレイラは部長に別れをつげて、電話を切った。広報省のアントニオ・フェッロ、あのおぞけだつようなアントニオ・フェッロは、あたまが切れて身の処し方がうまいだけに、問題なのだ。そして、あの男がフェルナンド・ペソアの友人だったなんて。それにしても、とペレイラは考えこんだ。詩人ペソアのうさんくさい友人はフェッロにとどまらない。ペレイラはカモンイスについての記事を書こうとして、十二時半までかかった。そのあげく、すべてを屑籠に捨てた。カモンイスなんて、くそくらえだ。彼はそうも考えた。ポルトガルの人たちの武勲をたたえたあの偉大な詩人。だが、武勲がなんだ。ペレイラは思った。上着をはおると、彼はカフェ・オルキデアに行こうとして、そとに出た。カフェに着くと、いつものテーブルに席をとった。マヌエルがさっそくやってきたので、ペレイラは魚介類のサラダをたのんだ。ゆっくり食べおわると、モンテイロ・ロッシがくれた番号を書いた紙切れをもって、電話をかけにいった。ひとつ目の番号はながいこと鳴っていたが、だれも出なかった。そこで、二番目の番号にかけた。出たのは女の声だった。もしもし、ペレイラがいった。デロネイ嬢おいでになりますか。そんなひと、知りません、と女の声は用心ぶかそうにいった。もしもし、ペレイラはくりかえした。デロネイ嬢を探しているのですが。すみませんが、あなたはどなたですか。女の声がいった。もしもし、ご本人に出てもらえますか。リーズ・デロネイ嬢に緊急連絡があるんです。おねがいですから出てもらってください。うちにはリーズなんておりません、女の声がいった。なにかの間違いではないでしょうか。この番号、だれにもらわれましたか。だれだってかまわないじゃないですか、ペレイラはすこしいらいらした。どうしてもリーズと話せないのでしたら、せめてマルタを出してください。マルタですって？ 女の声はあきれた様子だった。どこのマルタですの？ マルタなんて、この世に掃いて捨てるほどいますわ。ペレイラはそのとき、マルタの名字を知らないことに気づいた。それで率直にこういった。マルタは痩せた、髪がブロンドのおじょうさんで、リーズ・デロネイと名のることもあります。私は友人で、彼女に伝える重要な伝言があるんです。もうしわけないけれど、と声がいった。ここにはマルタもリーズもいませんわ。ごめんください。電話を切る音がしたので、ペレイラは受話器を手にしたまま、とり残された。そして、ようやく受話器をもとの位置に戻すと、じぶんの席に戻った。なにをもってまいりましょう。マヌエルがとんできた。ペレイラは砂糖入りのレモネードを注文してから、たずねた。なにかおもしろいニュースはないかな。今夜、八時に入るはずです。友人でロンドン放送を聴いているやつがいるんです。もし興味がおありなら、あす、ぜんぶ話してあげます。

レモネードを飲むと、ペレイラは勘定をはらった。管理人室にはセレステがいて、またカレンダーを眺めていた。なにか？ ペレイラがたずねると、セレステがいった。お電話がありました。女の人の声でしたが、なんの用かいいませんでした。名前を訊いてくれたかしら。ペレイラがたずねた。外国人の名でしたよ。セレステがいった。でも忘れました。どうして書きとめておいてくれなかったんですか。ペレイラがなじった。交換手はきみの仕事でしょう、相手の名ぐらい書いておいてくれないと。わたしはポルトガル語を書くのがやっとなんですよ、セレステがいった。外国の名前まではとても。それに、なんだかややこしい名前でしたよ。ペレイラは胸がしんとなって、たずねた。その人はなんていっていた？　セレステ、なんていったんだ。ペレイラさんに用がある、ロッシさんを探しているっていってました。なんて変な名だろうと思いましたよ。ここにはロッシさんなんて人いませんよってこたえておきました。ここは『リシュボア』の文芸面編集室ですからって。そのあとわたしは、本社編集部に電話してみました。あなたがあっちにいらっしゃれば、教えてあげようと思って。でもおいでにならなかったから、ことづてをしておきました。だれか外国のご婦人が探してましたって。あ、思い出しましたよ。リーズっていう人でした。それできみは本社に電話して、だれかがロッシさんを探していたっていったんだね。ペレイラがたずねた。いいえ、ペレイラさん。セレステは、うまくやったぞというような表情でいった。そんなことといってませんよ。いっても無駄だって思ったから、ただ、リーズっていう人があなたを探してるって。いったのはそれだけです。腹をたてないでください、ペレイラさん。もしほんとうに探してるのなら、そのうち、みつかりますよ。ペレイラは時計を見た。午後の四時だったので、階段を上がるのをあきらめて、セレステにいった。ぼくは気分がよくないから家に帰る。あすは編集室に来ないかもしれない。郵便はとっておいてください。

家に着いたのはもう七時近くだった。パソ広場のベンチで、テージョ河の対岸に行く渡し船を見ながら、ながいことぼんやりしていたのだ。暗くなるまえの時間がなんともすばらしかったから、ペレイラはそれを愉しみたかった。葉巻に火をつけて、飢えていたように何度か吸った。彼がかけていたベンチからは河を一望におさめることができた。まもなく、となりに乞食がやってきて、彼がたのむとアコーディオンで、古いコインブラの歌を何曲か弾いてくれた。

ペレイラが家に入ったとき、モンテイロ・ロッシがすぐ出てこなかったので、彼はどきんとした。だが、モンテイロ・ロッシはバス・ルームで水を使っていただけだった。いま、ひげをそってます、ペレイラさん。モンテイロ・ロッシがどなった。あと五分したら、出ます。ペレイラは上着をぬぎ、テーブルの用意をした。前夜とおなじように、カルダシュ・ダ・ライニャの皿をセットした。テーブルには朝買っておいたろうそくを、二本たてた。それからキッチンに行くと、夕食をどうしようかと考えた。彼の得意でもないイタリア料理をつくることにしたのは、いったいどういうわけだったのか。発明すればいい、と思った、と供述している。ハムをごっそり切りとると、それをさらに小さなサイコロに切った。それからタマゴを二個、割ってかきまぜると、それにおろしチーズとさっきのハムをまぜ、オレガノとマヨラーナを入れてから、ぜんぶをよく混ぜておいた。つぎに、パスタをゆでるために、鍋に湯をわかした。水が沸騰すると、かなりまえから貯蔵室にあったスパゲッティをいれた。モンテイロ・ロッシがすがすがしい顔をして出てきた。ペレイラのカーキ色のワイシャツを着ていたが、まるでシーツをかぶっているように大きかった。イタリア料理にしたよ、ペレイラがいった。ほんとうにイタリアふうなのかは、わからない。ぼくの想像にすぎないかもしれないが、パスタはパスタだ。だが、モンテイロ・ロッシが大声をあげて、いった。すごいごちそうだ。こんなものは、もう長いこと食べてないですよ。ペレイラはろうそくをともすと、スパゲッティをよそってから、いった。マルタに電話をかけようとしたんだが、最初の番号にはだれも返事しなかったし、二番目の番号に出てきた女性は、わざとわからないふりをして、ばかみたいだった。ぼくはとうとう、マルタに話したいっていったんだが、どうにもならない。それから編集室に行くと、管理人がぼくに電話がありましたというんだ。たぶんマルタだったのだろうけれど、きみのことを探していたらしい。少々、軽率な気がせぬでもないが、結果的には、ぼくとマルタとが連絡していることが、だれかに知られたわけだ。これはまずいことになると思う。じゃ、ぼくは、どうすればいいのでしょう。モンテイロ・ロッシがたずねた。ここより安全な場所があればそこへ行きなさい。なければ、うちにいて、しばらく情勢をみることにしよう。ペレイラはそういってから、テーブルにリキュール漬けのサクランボを持ってきて、自分は、サクランボをひとつだけとった。モンテイロ・ロッシはグラスいっぱいによそった。そのとき、だれかがドアをノックした。まるでドアを叩きこわそうとしているみたいに、ひどい音だった。階下の入口の大扉からどうやって入れたのか、ペレイラは一瞬、考えながら、返事をしなかった。ドアを叩く音は狂ったように激しく、なんどもくりかえされた。ペレイラは立ちあがりながら、たずねた。どなたですか、なんのご用でしょう。すると声がこたえた。開けろ、警察だ。ドアを開けなければ、ピストルで撃ってドアをぶっとばすぞ。モンテイロ・ロッシはいちもくさんに寝室のほうに駆けだしながら、これだけいった。パスポートを、ペレイラさん、旅券をかくしてください。安全な場所にあるからだいじょうぶだ、ペレイラはそういって安心させた。そして、ドアを開けるために、玄関の間に行った。妻の写真のまえを通るとき、彼女の遠いほほえみに、ペレイラは共謀者の視線を送ってから、ドアを開けた、と供述している。

24

入ってきたのは、ピストルで武装した背広すがたの男が三人だった、とペレイラは供述している。最初に入ってきたのは、痩せっぽちな背のひくい男で、口ひげと栗色の三角ひげを生やしていた。政治警察だ、痩せっぽちで背のひくい男が、どうやら首領らしいそぶりでいった。家宅捜査だ、ある人物を探している。ペレイラがいった。警察手帳を見せてください。痩せっぽちは、黒っぽい服を着たいかにもうさん臭いふたりの仲間のほうをむいていった。おまえら、きいたかい。どう思う？　すると、仲間のひとりがペレイラの口に銃口をむけると小声でいった。これが証明といったら、あんたは満足するかい、デブ。やめろ、痩せっぽちがいった。いやあ、ペレイラ先生をそんなふうに扱うんじゃないよ。こちらは腕のいい新聞記者で、りっぱな新聞に書いてる人だ。少々、カトリックすぎるところは、あるけどねえ。だが、ちゃんとした系列の人だ。そして、ペレイラのほうをむくと、いった。ペレイラさん、われわれに時間を無駄にさせないでくださいよ。あなたとただおしゃべりしに来たわけじゃありませんから。それに、時間を無駄にするのは、われわれの得手じゃないんでしてね。あなたがこれに関係ないことは、よく知ってます。あなたは、まっとうなお方で、ただ、わかっていられないのは、つきあっている相手がどういうやつらか、なんでして。容疑のかかったようなやつを、あなたは信用された、それだけです。だが、あなたにご迷惑はかけたくありません。仕事さえさせていただけば、それでいいんだ。ぼくは『リシュボア』の文芸面担当だ、ペレイラがいった。だれかに話をしたい。部長に電話させろ。部長は、きみたちがぼくのうちに来ていることを知っているのか。とんでもありませんよ、ペレイラさん。痩せっぽちがネコ撫で声でいった。警察が行動を起こすときに、まず部長に知らせるなんてことがあり得ますか、ふざけないでくださいよ。そういうが、きみたちは警察の人じゃない。ペレイラはがんばった。令状も持ってきてないし、制服も着てない。したがって、ぼくは家に入る許可はあげられない。痩せっぽちはうすら笑いをすると、もういちどふたりのちんぴらふぜいにむかっていった。ここのだんなはおそろしく頑固だぜ、若いの、どうやれば納得してもらえるかなあ。ピストルを突きつけていた男が、ペレイラを力いっぱい平手うちにしたので、彼はよろめいた。おい、フォンセカ、痩せっぽちがいった。いまのはひどいよ。ペレイラさんをいたぶっちゃいけない。あまり怖がらせるな。体格はりっぱだが、からだは弱い。それに文化関係の人だ。インテリだぜ。ペレイラさんには、やさしくいってこちらのいうことを聞いてもらわなきゃ。へたにやると、しょんべんを洩らすぞ。フォンセカと呼ばれたちんぴらふぜいが、もういちどビンタをくらわせたので、ペレイラはまたよろめいた、と供述している。よお、フォンセカ。痩せっぽちがにやにやして、いった。おめえは手が早すぎる。もうやらないように、おれがおまえをおさえてないと、こちらの仕事がめちゃくちゃになるな。そして、ペレイラのほうをむいて、いった。ペレイラさん、いまいったように、私たちはなにもあなたに敵意があるわけじゃありません。ただ、お宅にいる若造にちょっと教えてやりたいことがありましてね。祖国にとって大切な事柄をよくわきまえてない様子なので、ちょっと教えてやりたいと思ってね。忘れてしまったんでしょうな、哀れなもんです。ちょっとそれを思い出させてやる、それでわれわれが来たわけです。ペレイラは頰をなでながら、つぶやいた。ここにはだれもいないよ。痩せっぽちはまわりを見まわしてから、いった。よろしいですか、ペレイラさん。われわれの仕事を手つだってくれませんか。お宅に泊まっている若造に、私たちは、いくつかたずねることがあるんです。なくした愛国心を取り戻させるために、ちょっと尋問したい、というわけです。それ以上はなにもしません。それだけのために来たのですから。じゃ、警察に電話をかけさせてくれるな。ペレイラはゆずらなかった。警察が来て、連れていけばいいだろう。尋問の場所は、個人の住宅なんかじゃなくて、警察と決まっている。まあまあ、ペレイラさん、痩せっぽちがうすら笑いをうかべたまま、いった。なぜわかってくれないのですか。われわれのするようなプライベートな尋問には、お宅は理想的なんですよ。管理人は留守だし、上の階の人たちはオポルトに行っているし、夜は、しずかですから、お宅はねがってもない場所です。警察の部屋とちがって人目にもつきませんし。

そういうと彼はフォンセカと呼んだちんぴらに目くばせをし、ペレイラは食堂まで押していかれた。

男たちは周囲を細心に見まわしたが、食べ物の残りと食器がテーブルにのっているほかは、なにもなかった。内輪のお夕食だったのですねえ、ペレイラさん。痩せっぽちがいった。ろうそくをつけて、親密な食事だった、と。いや、なかなかロマンチックなことで。ペレイラはなにもいわなかった。ペレイラさん、痩せっぽちが甘ったるい声を出した。奥さんは亡くなられたし、女がおありなわけじゃない。ほうら、私はなにもかも、あなたのことを知ってるんですから。もしかしたら、若い男がご趣味なんじゃないでしょうかねえ。ペレイラはもういちど手を頰にやると、いった。きみは卑劣な人間だな。なにもかもが卑劣だ。ほらほら、ペレイラさん、痩せっぽちがつづけた。だれだって人間なんですから。あなただって、それくらいはご承知でしょう。ある男が、かわいい尻をした若者に出会った、そのさきがどうなるかは、わかりますよね。それから、もうたくさんだ、というように、冷酷な調子になった。私らと折り合っていただくか、さもなければ、お宅をめちゃくちゃにさせてもらうか、どちらにされますか。あっちです、ペレイラがいった。書斎、でなければ寝室かもしれない。痩せっぽちが、ふたりのチンピラに命令した。フォンセカ、あまりひどいことはせんように。あとでごたつくと、まずい。ちょっとだけ痛い目にあわせて、こちらの知りたいことをきけば、それでいい。それから、リマ、行動をつつしめ。おまえが棍棒をシャツの下に隠していることは知ってるぞ。だが、いいな、頭をなぐってもらっては困る。どうしてもというなら、肩か肺のうえだ。そのほうが痛いし、痕は残らない。了解です、隊長。ふたりのちんぴらがこたえた。彼らは書斎に入ると、うしろ手でドアを閉めた。これでよし、痩せっぽちがいった。ペレイラさん、助手らがひと仕事するあいだ、私たちはお話しましょうや。警察に電話する、ペレイラがもういちどいった。警察ねえ、痩せっぽちは頬をゆるめて、いった。私が警察ですよ、ペレイラさん。すくなくとも、いまやっていることは、警察の肩がわりなんです。わが国の警察は、夜は寝ます。ごぞんじのとおり、わが警察は一年中、一日も休まずにわれわれを守ってくれているので、夜になると疲れはてて寝てしまいます。ならず者は後をたたないし、かと思うと、お宅に泊めてもらっている奴みたいな、愛国心をなくしてしまった連中がいたりですからね。だが、ペレイラさん、どうしてまた、あなたがこんな厄介なことに首をつっこまれたか、そのあたりを話していただけないでしょうか。ぼくは、なにも厄介なことに首をつっこんだおぼえはないぞ。ペレイラがこたえた。『リシュボア』新聞のために見習いをやとった、それだけのことだ。それはわかりますとも、ペレイラさん。痩せっぽちがいった。だが、そのまえに身元を調べなかったでしょう。警察に訊くとか、部長さんに相談するとかして、あなたの見習いになる人間の身元を提出していたら、こんなことにならなかったのに。すみませんが、リキュール漬けのサクランボをひとついただいていいですか。

ペレイラはそのとき、椅子から立ちあがったという。椅子にかけていたのは、心臓がとびだしそうにどきどきしていたからだが、彼は立ちあがった。悲鳴がきこえたぞ。寝室でなにが起きているのか、ちょっと見てくる。痩せっぽちがピストルを突きつけた。私だったら、やめておきますね、ペレイラさん。うちの連中はデリケートな仕事をしているのでして、見ていて気持のいいものではありませんよ。あなたは神経の細いかたでしょう、ペレイラさん。インテリでいらっしゃるし、そのうえ心臓に持病がおありだ。あんなものを見ると、からだによくありませんよ。部長に電話する。ペレイラがいった。部長に電話させろ。痩せっぽちは嫌味な薄ら笑いをして、いった。部長さんはいま寝てますよ。もしかしたら、きれいなご婦人をしっかり抱えて、おねんねです。ええ、あなたの部長さんは、ちゃんとした男、きんたまのある男だからね。あんたみたいにブロンドの若造のかわいい尻をおっかけたりはしない。ペレイラはまえにこごんで、男を平手打ちにした。痩せっぽちがとっさにピストルで彼をなぐったので、ペレイラの口から血が流れた。それはないでしょう、ペレイラさん、男がいった。私は、あなたには礼をつくせといわれて来た。でも、礼儀にも限度があります。あなたが危険分子を家に泊めてやるような間抜けなのは、私のせいじゃない。あなたの喉にタマを一発ぶちこんだって、だれにも文句はないはずだ。なに、それぐらいやったっていいんです。やらないのは、あなたに無礼があってはならんといわれて来たからです。だが、いい気にならんほうがいいよ、ペレイラさん、つけあがらんほうが。堪忍袋の緒がいつ切れんともかぎらんからね。

ペレイラの供述によると、そのときもう一度、口をふさがれたような悲鳴がきこえたので、彼は書斎のドアにからだごとぶつかっていった。だが、痩せっぽちが彼のまえに立ちはだかり、彼を突きとばした。そのひと突きはペレイラの体力をはるかに超えていたので、彼は後ずさりした。いいかい、ペレイラさん、痩せっぽちがいった。ピストルを使わせないでくださいよ。のどに一発、あわよくば、あんたの弱味でもある心臓に一発、ぶっぱなしてさしあげたいのは山々だが、死人を出したくないのでしてね。われわれがここに来たのは、ただ祖国愛をちょっと教えてやるためだけです。新聞にフランスの作家のことしか書かないあなたにとっても、祖国愛は薬になるはずだ。供述によると、ペレイラはもういちど椅子にかけるとこういったという。きょうび勇気のあるのは、フランスの作家だけさ。じゃあ、いわせてもらいましょう、痩せっぽちがどなった。フランスの作家なんて、どれもくそったればかしだよ。どれもこれも、塀に沿って整列させて銃殺してやりたい奴らばかしさ。死んだあとは、しょんべんでもかけてやればいい。なんて下品な男だ、あんたは。ペレイラがいった。下品でも、愛国心はありますからな。男がこたえた。フランスの作家なんかに賛成するあんたなんかとはちがうのさ、ペレイラさん。

そのとき、ふたりのちんぴらがドアをあけた。どちらも落ち着きを失って、息をきらせていた。若造は口をひらきませんでした。ふたりがいった。それでこらしめてやろうと思って、少々、痛い目にあわせたんです。はやくここを引きはらったほうがよさそうですぜ。事故だな？　痩せっぽちがたずねた。さあ、フォンセカという名の男がこたえた。すぐにここを出たほうがいいみたいです。そういいながら、彼は出口にむかって駆けだし、もうひとりの仲間もあとを追った。ペレイラさんよ、痩せっぽちがいった。あんたは、なにも見なかったことにしましょうや。ずるはやりっこなしですぜ。友情なんてお忘れなさい。今晩、われわれはごあいさつに来ただけなんですから。さもなくば、このつぎは、あんたを探しに来ますよ。ペレイラはドアに鍵をかけ、連中が階段を下りる音に耳をすました、と供述している。それから寝室にかけこむと、モンテイロ・ロッシがじゅうたんのうえにあおむけに倒れていた。ペレイラは頬をぴたぴたと叩いて名を呼んだ。モンテイロ・ロッシ君、しっかりしなさい。もうすっかり終ったよ。だが、モンテイロ・ロッシはひくりともしなかった。ペレイラはバスルームに行って、タオルを水にどっぷり漬けてから、それで彼の顔をふいてやって、もういちど呼んだ。モンテイロ・ロッシ君、もうすんだよ。あいつらは行ってしまったから、起きなさい。そのときはじめてペレイラは、タオルが血で染まり、モンテイロ・ロッシの髪に血がたまっているのに気づいた。モンテイロ・ロッシは目をむいて天井を見ていた。ペレイラはもういちど、頰をかるく叩いたが、モンテイロ・ロッシは動かなかった。脈をとってみた。生命は、モンテイロ・ロッシの血管にはもう流れていなかった。彼は青年の青い目をふさいでやると、顔のうえにタオルをひろげた。それからちぢこめていた脚を、どの死人もしてもらうように長くのばしてやった。そしてこう思ったと供述している。早くしなければ、いますぐしなければ。あまり時間はなかった。

25

供述によると、ペレイラはそのとき、とんでもないことを思いついたという。だが、実行に移すのは不可能ではなかった。彼は上着をはおると、家を出た。大聖堂のまえに夜おそくまで開いているカフェがあって、そこには電話があった。入って行きながら、ペレイラは周囲を見まわした。夜ふかし族の面々が、店の主人とトランプをしていた。ねむそうな顔をした少年の給仕は、カウンターのうしろでサボっていた。ペレイラはレモネードをたのむと、電話のところに行って、パレーデの海洋療法クリニックの番号をいって、カルドーソ博士に出てほしいといった。カルドーソ博士はもうお部屋に戻られました、どなたですか。交換手の声だった。ペレイラです、とペレイラがいった。至急、お話しなければならないことがあるので。いまお呼びしてきますが、と交換手がいった。四、五分待っていただけますか、下りてこられるまで。ペレイラがじっと待っていると、カルドーソ医師が出た。こんばんは、カルドーソ先生、ペレイラがいった。ペレイラです。重大なことをお話したいのですが、いまはいえません。いったい、なにがあったのですか、ペレイラさん。カルドーソ医師がたずねた。

気分でもわるいのですか。おっしゃるとおり、たしかに気分はよくはありません、ペレイラがいった。でもそれはなんでもないんです。じつは、私の家でたいへんなことが起こったのです。家の電話は盗聴されているのかどうか、わかりませんが、それでもいいんです。いまのところは、これだけしかもうしあげられません。ただ、あなたにひとつ助けていただきたいのです、カルドーソ先生。なにがぼくにできるか、いってください。カルドーソ医師がいった。では、カルドーソ先生、あすの正午にお電話しますから、あなたは検閲局のおえら方のふりをしてください。そして、ぼくの記事には掲載許可が出ているといってくれませんか。それだけです。わけがわかりませんね、カルドーソ医師がいった。いいですか、カルドーソ先生、ペレイラが念をおした。いまカフェから電話していますが、理由はいえません。ぼくの家では、あなたには想像もつかないようなたいへんなことが起きていて、それは、あすの午後の『リシュボア』紙上で読んでいただけるはずです。はっきりとだれにもわかるように書いてありますが、そのことであなたにたいへんなお願いをしたいのです。ぼくの記事が、あなたの許可を得ていると主張していただきたいのです。いいですか。ポルトガル警察はスキャンダルは気にしない、わが国の警察には、なにもやましいところはないのだから、スキャンダルなぞ平気だ、と。わかりました、カルドーソ医師がいった。あしたの正午、電話を待ってます。

ペレイラは家に戻った。寝室に行くと、モンテイロ・ロッシの顔にかけてあったタオルをとって、遺体をシーツでくるんでやった。それから書斎に行き、タイプライターのまえにすわった。まず見出しを書いた。「新聞記者殺害さる」。つぎに、行を変えて書きはじめた。「名はフランセスコ・モンテイロ・ロッシ、イタリア系ポルトガル人だ。追悼文その他の記事を本紙に寄稿していた。マヤコフスキー、マリネッティ、ダンヌンツィオ、ガルシア・ロルカなど今世紀の偉大な作家を論じた記事は、未掲載だが、やがては発表される予定。快活な青年で、生きることを愛していたが、死についての記事を依頼され、これをひきうけたところ、昨夜、死が彼をおとずれた。昨夜、彼は、本紙文芸面の編集長でこの記事の筆者でもあるペレイラ宅にて食事中、武器をもった男三名が侵入、公安警察を名のったが、身分証明書は提示しなかった。制服を着用していなかったこと、またわが国の警察がこのような手段を用いるとは思えないところから、本物の警察官であるとは考えにくい。手口は残忍で、背後にはそれを承認する勢力の存在が疑われるので、当局はただちにこの卑劣な出来事に調査の手を入れるべきだろう。主導者は、背のひくい痩せた男で、口ひげとあごひげをたくわえており、他の二人には隊長と呼ばれていた。隊長がその二人の名を何度か呼んでいたが、仮名でなければ、一人はフォンセカ、あとの一人はリマという名の男性で、背は高く、肌色は浅黒く、利口そうにはみえなかった。痩せて背のひくい男は、筆者に終始ピストルの銃口をむけていたが、その間、フォンセカとリマがモンテイロ・ロッシを、彼らの表現によると尋問のため、寝室に連れていった。記者は数回にわたって殴打する音と呻きと悲鳴を聞いている。そのあと、二人が仕事の終了を告げ、三人はあわただしく出て行ったが、その際、事件を公表すれば殺すと脅迫している。記者が寝室に行ったときには、モンテイロ・ロッシ青年はすでに死亡していた。棍棒あるいはピストルの柄でめった打ちにされたにちがいなく、頭蓋骨が陥没していた。遺体は現在、サウダージ街22番の筆者の家にある。モンテイロ・ロッシには両親も親族もいない。美人のやさしいお嬢さんを愛していたが、赤い銅のような色の髪で、文化を愛していたこと以外、その人物については名もわかっていない。もしもこの記事を読んでいれば、そのお嬢さんに心からのお悔やみを伝えたい。これらの暴行が、今日、当局をカサに着て、あるいは当局の一部の共謀をたのんで、ポルトガルに抜扈《ばっこ》するのはかえすがえすも遺憾であり、関係当局が注意を怠らず監視するよう、切に要望される」

ペレイラはもういちど改行すると、右下に署名した。ペレイラと姓だけしか書かなかったのは、彼がむかし社会面の事件記事を書いていたころ、記事は姓だけで署名していて、その名で知られていたからだ。

目を窓のそとにむけると、まえの兵営のヤシの葉のてっぺんの空が白みはじめていた。ラッパが高く鳴りひびいた。ペレイラはひじかけ椅子に横になって、眠った。目をさますと日は高くのぼっていて、ペレイラははっとして時計を見た。はやくしなければ、と思ったという。ひげを剃ると、つめたい水で顔を洗い、そとに出た。大聖堂のまえにタクシーがいたので、それに乗って編集室に行った。セレステが狭い管理人室にいて、愛想よくあいさつをした。うちになにか？　ペレイラがたずねた。いまのところなにも、セレステがこたえた。ただ、あたし、一週間休暇をもらったんです。彼女はカレンダーを見せながらつづけた。来週の土曜日には帰ってきます。一週間いませんが、どうぞよろしく。きょうび、国家は弱いものを助けてくれます。弱いって、たとえばあたしたちみたいな人間のことです。組合もなにかの役にはたつものですねえ。あんたの留守中、ぼくは淋しいのをがまんすることにしよう。そうペレイラはつぶやくと、階段を上がった。編集室に入ると、「追悼文」と背表紙に書いたファイルを出し、かばんに入れるとそとに出た。カフェ・オルキデアに寄って、五分くらい、なにか飲物を注文する時間はあると思った。ペレイラさん、レモネードになさいますか。ペレイラが椅子にすわろうとしていると、気をきかせたマヌエルがたずねた。いや、ペレイラがこたえた。ドライ・ポルトを一杯ほしいな。ドライがいい。めずらしいですねえ、ペレイラさん。マヌエルがいった。それもこんな時間に。でも、うれしいですよ。お元気になられた証拠ですから。マヌエルはグラスを置くと瓶をそばに残して行こうとした。いいですよ、ペレイラさん。瓶ごと置いていきます。マヌエルがいった。もし、もう一杯、召し上りたかったら、どうぞ。よかったら葉巻を、お持ちしましょうか。軽いのを一本、持ってきてくれ。ペレイラがたのんだ。それから、マヌエル、きみはロンドン放送を聴いている友人がいるといっていたな。なにか、ニュースはあるかい。共和国軍がかなりやられてる模様ですよ。マヌエルはそういうと、声をひくめていった。ペレイラさん、ポルトガルのことにも触れたそうですよ。そうか、ペレイラがいった。それでわれわれのことを、なんといってる？　われわれは独裁政治のもとに生きているといっています。給仕がこたえた。そして、警察が人々を拷問にかけているともいってます。きみはどう思う？　ペレイラがたずねた。マヌエルは頭を掻いた。ペレイラさん、あなたはどう思われるんです。あなたは新聞社にいるのだから、こういったことはよく知っておいでのはずでしょう。イギリス人がただしいと思うよ、ぼくは。ペレイラがきっぱりといった。葉巻に火をつけると、勘定をはらい、そとに出て、タクシーをとめ、印刷所にむかった。印刷所では植字工の主任が大いそがしだった。あと一時間で新聞が輪転機に入ります、主任がいった。ペレイラさん、カミロ・カステロ・ブランコの短篇をのせたのはよかったですよ。すばらしいし、ぼくは小学校で読みましたからね。いま読んでも、まだすばらしい。だが、とペレイラがいった。一段だけ、ちぢめなくてはいけない。文芸面の終りに入れる記事をもってきたんだ。死亡記事だ。そういいながら、ペレイラが原稿を渡すと、主任はそれを読んで、頭をかいた。ペレイラさん、これはひどく微妙な問題ですね。いまになって持ってこられたけど、検閲の許可スタンプが押してありません。ここに書いてあるのは、重大なことのようですが。ペドロ君、ペレイラがいった。まあきいてください。ぼくらは三十年来のつきあいです。『リシュボア』のまえの大新聞社で、私が社会面記者だったころからの話だからね。これまで、きみにめいわくをかけたことはないでしょう。いちどだって、と主任がいった。でも、いまは時代がちがいます。むかしとおなじわけにはいきません。ややこしい仕事の機構ができてしまって、ぼくはこれを無視するわけにはいかないんです、ペレイラさん。まあまあ、とペレイラが相手をおさえていった。ペドロ君、検閲は許可を口頭でくれたんだよ。三十分まえに、編集室から電話をかけたんだ。ロウレンソ少佐に話をすると、いいといわれた。それでも、やはり部長には電話しておいたほうが。主任はためらっていた。ペレイラは深くためいきをつくと、いった。ペドロ君、それなら、かけてください。主任が番号をまわすあいだ、ペレイラはおっかなびっくりで待った。秘書に話しましたが、三時までは戻られないそうです。三時にはもう新聞があがっている、ペレイラが主任はフィリッパ嬢と話しているらしかった。部長は食事に外出されたそうです。主任がいった。秘いった。三時まで待つわけにはいかないよ。まったくですね、主任がいった。どうしたものですかな、ペレイラさん。あっ、ペレイラが、たったいま考えついたというふうにいった。検閲局に直接電話するのがいちばんだ。ロウレンソ少佐と話せるかもしれない。ロウレンソ少佐ですって？　主任が名を口にするのも恐ろしいという調子で大声を出した。あの人と直接話すんですか。友人なんです、ペレイラは無頓着をよそおっていった。けさ、電話でぼくの記事を読んで聞いてもらったんだよ。あの人はぜんぜん問題ないっていってた。ぼくたちは、毎日のように話すんです、ペドロ君、それがぼくの仕事なのだから。ペレイラは電話をとると、パレーデの海洋療法クリニックの番号をまわした。カルドーソ博士の声が聞こえた。もしもし、少佐殿ですか、ペレイラがいった。こちらは『リシュボア』新聞のペレイラです。けさ、電話で読んだあの記事を入れるために印刷所に来ているのですが、あなたの検印がないので、植字工が印刷にまわしたものかどうか、決めかねているんです。彼を納得させてくれませんか。いま代わります。受話器を主任に渡すと、ペレイラは主任が話すのを眺めていた。ペドロは首をたてにふりはじめた。もちろんです、少佐どの、彼はいった。よろしゅうございますと も、少佐どの。それから受話器を置くと、ペレイラを見た。それで？　ペレイラがたずねた。ポルトガルの警察はこの種の醜聞にはびくともしないそうです。主任がいった。こういった悪党どもは告発されるべきだから、ペレイラさんの記事はきょう、新聞にだすようにといわれました。ペレイラさん、それで終りです。そして、彼はこうつけくわえた。それから、もうひとつ、ペレイラさんに、たましいについて記事を書くようにいってくれと、そういっておられました。わたしたちにとって、たましいは大切なのだから、と。そういわれたんです、ペレイラさん。きっと、ふざけてみたかったんでしょう、ペレイラがいった。あした、話してみましょう。

彼は記事をペドロ主任に渡すと、そとに出た。くたくたに疲れていて、腸がぐるぐるする気持だった。角のカフェに立ち寄って、ハムをはさんだパンを食べようかと思ったが、そのかわりにレモネードをたのんだ。それからタクシーをつかまえて、大聖堂まで乗った。だれかが待ち伏せているかもしれないので、用心して家のドアをあけた。だが、家はからっぽで、深い沈黙があたりを被っていた。寝室に行って、モンテイロ・ロッシの遺体を包んだシーツに目をやった。それから小さな旅行かばんを出すと、ごく必要なものだけ、そして追悼記事のファイルを入れた。書棚に行って、何冊かあったモンテイロ・ロッシの旅券をひとつずつ、調べた。やっとじぶんに合いそうなのがみつかった。きれいなフランスの旅券で、すばらしい出来だった。写真の男もふとっていて、目の下に黒いくまができていた。年齢もほぼおなじだった。名前は、ボダン、正確にはフランソワ・ボダン、だった。いい名だ、とペレイラは思った。それをかばんに入れると、妻の写真を書棚から出した。きみを連れて行こう、ペレイラは話しかけた。きみが来てくれたほうが、いい。息が楽なように、顔をうえにして、写真をかばんに入れた。それから周囲に一瞥をくれると、時計を見た。早く行かなければ、と思った。『リシュボア』はまもなく出る、ぐずぐずしてはいられなかった。そうペレイラは供述している。

一九九三年、八月二十五日。

訳者あとがき

いくつかの政治の腐敗が明るみに出て、経済的な行きづまりを増幅させたうえに、とんでもない人物がイタリアの政権をになうことになった。その結果、あっというまに右翼勢力が票を伸ばし、二十世紀前半の（ドイツや日本とおなじように）イタリアを醜くつまずかせた忌まわしい政治思想を、いつ国民が（もちろん、この前とおなじように、それとは気づかないで）選択してもおかしくない、と思わせる状況が、一部のイタリア人たちに衝撃をあたえた。つい二、三年まえのことである。

『供述によると、ペレイラは……』は、そんな状況のもとに、一九九四年、作家アントニオ・タブッキが、彼にしてはめずらしく、人間にとって生きるとはどういうことなのか、そして死とは、人間を他の人間に結ぶ連帯とはどういうことかといった本質的な問題を、社会における市民の（国民として、ではないことを強調したい）政治責任にからめて書いた作品だ。人間への深い洞察に裏づけられたこの作品に対しては、小説としての完成度と社会的意味の両面から、これまでタブッキの作風について評価を保留していた批評家たちも賞讃を惜しまなかった。一月に発売されてすぐ、ベストセラーのトップをかざり、さらに一年に余る期間にわたってのロングセラーとなったのだが、発売された九四年秋には、イタリアのもっとも重要な文学賞のひとつといわれるヴィアレッジョ賞を受賞している。

戦後五十年をすぎたいま、幻想的なバロックふうの魅惑にみちた作風ですでに安定した評価を得ていたイタリアの作家タブッキが、六十年まえのポルトガルの独裁政権下の時代を舞台に〈これまでとは違った〉小説を書いたことは、多くの読者を驚かせた。冒頭にあげたイタリアの政治状況という理由はあったにしても、である。しかし、どちらかというと重いテーマをもつこの本が、表面的には抵抗運動など忘れ去られたかにみえる現在の時点で、これほどまで熱狂的な読者の支持を受けたことに、私たちはもっと驚くべきかもしれない。

ぱっとしない日刊紙『リシュボア』（リスボン）の記者ペレイラが、なにやら自分自身にも明確には説明できない状況のもとに、政治運動に巻きこまれてゆく話が、「供述する」、という、調書を思わせる文脈のなかで語られるが、とりわけ英雄的でもないし、ましてやハンサムの条件からはほど遠いこの主人公が発揮するしたたかな魅力は、終始読者を捉えてはなさない。いわく、汗っかきで、肥満体で、心臓がわるく、カトリックだが日曜日の教会は行かない。それも、べつに深い意味があるわけではなく、単にサボっているだけのことらしい。数年まえに妻を亡くしてからは、なんとなく気合いのかからない暮しをしていて、友人と呼べる人間もさしあたりいない。落ちこぼれということばを想起してしまうような彼、ペレイラは、また、どういう事情からか、最近、長いこと勤めていた、そのためにそこそこの知名度もあったと思われる大新聞の社会部記者をやめ、ぐっと規模の小さい新聞の文芸面の編集長になったばかりだ。そんな彼が、ある日、ぐうぜんに読んだ雑誌の記事を通して、ひとりの快活な青年と知りあうことから、「ペレイラの冒険」と名づけたいような、息もつかせないこの小説は始まる。

息もつかせないのは、小説家としてのタブッキの緻密な構成が功を奏しているからだし、ペレイラという、〈ごくふつう〉で、いたってたよりない人間の物語を、ふだん私たちが〈政治〉ということばから受ける印象とはうらはらに、あまりにも日常に近いところで、誠実に、自然で、暖かい論理に沿って、語り進める作者の腕まえが冴えているからだ。そして、私たちひとりひとりのなかに眠っているペレイラが、ページを操るたびに、困りはてたようにぶつぶつとつぶやくのが聞こえるような気がするからだ。

タブッキがこの小説の時間に選んだ一九三八年は、ヒトラーがオーストリアをドイツに併合した年であり、彼の覇権への欲望がいよいよ狂気の様相を帯びはじめた時期である。さらに自由をもとめるスペインの民衆と民主主義的なプロセスを、力で制しようとしたフランコ派の軍隊が起こした市民戦争（そして日中戦争）が始まったのが、その前年にあたる三七年であるのを考えるとき、なんとも血なまぐさい時代だったと（なにも知らなかった）、ペレイラでなくても、背中につめたいものが流れる思いだ。ちなみにフランコ軍を支持したドイツ軍の爆撃で、ゲルニカの村が壊滅したのも、おなじ三七年だ。

この蛮行を非難して立ちあがったフランスの知識人のなかに、作品中、しばしば〈カトリック作家〉として名が出ているジョルジュ・ベルナノス（一八八八—一九四八）と、フランソワ・モーリアック（一八八五—一九七〇）がいた。事実、ベルナノスは三八年に書いた『月下の大墓地』という弾劾文で、フランコ政府とこれを支持したスペインの（カトリック）教会、ひいてはヴァチカンをきびしく非難したあと、ブラジルに亡命を余儀なくされている。

ベルナノスといえば、この本を読んでいて、彼が、ドイツの女性作家、ゲルトルート・フォン・ル・フォール（一八七六—一九七一）原作の短篇小説『断頭台の最後の女』をシナリオ化した、『カルメル会修道女の対話』という作品を、私はなんどか思い出した。幼いときに母親を亡くしたため、人一倍ものにおびえる性格にそだったブランシュという少女が修道女になり、フランス革命に遭遇する話だ。他の修道女たちが革命軍に捕らえられたとき、ブランシュは恐ろしさのあまり、すべてを忘れて修道院を逃げ出す。だが、仲間の修道女たちが、聖歌をうたいながら断頭台の露と消えて行くとき、群がる群衆をかきわけて、消え入りそうな声で歌の最後のフレーズをうたって、仲間のあとを追う女がいた。それが、修道院では落第生と思われていたブランシュだった、というのが結末だ。信仰が意志の強さとは関係なく、神のめぐみによるものだ、という考えに沿って書かれた、いま考えるといかにも若者が好きそうな、それでいて意志だらけでつっぱっている若者には、ほんとうには理解できない作品である。

『供述によると、ペレイラは……』は、いくら強い意志をもってしても、人間にはたいしたことはできない、でも、もし神が望むなら人間はときに思いがけなく崇高な行為をやってのけるという、ベルナノスの小説を支えたどこか中世的ではあるけれど、二十世紀前半から中期にかけて、カトリック左派といわれた人たちに大きな影響を与えた思想の、肉体化、人間化であり、現代化ともいえるだろう。また、この小説は、あらゆる集団が堕落し、失墜したのをこの五十年間に見てきた私たちにむかって、根本的に人間らしい生き方、そして死に方を、たとえ時流にさからってでも、追求すべきだと示唆しているようでもある。それは、再三、ペレイラがほのめかす、孤独=個としての独立への誘いに他ならないし、その点からも、「私の同志は私だけです」というペレイラのことばは重い。

作者タブッキは、ベルナノスのように、たましいを〈孤高〉にまで追いつめることはしない。〈弱い〉現代人らしく、この小説の主人公は、こんな結論で私たちを勇気づけ、なぐさめてくれる。

「[友人が行ってしまったとき、ペレイラは]じぶんがしんそこ孤独に思えた。それから、ほんとうに孤独なときにこそ、［大切な問題と］あい対するときが来ているのだと気づいた。そう考えてはみたのだが、すっかり安心したわけではなかった。それはこれまで生きてきた人生への郷愁であり、たぶん、これからの人生への深い思いなのだった」

さきに書いたように、これまでの作品では、バロック性・遊戯性のつよい構成で、ときには華麗なマニエリスム的アクロバットをやってのけた作家アントニオ・タブッキが、時代の緊迫をいち早く感知して、彼特有のユーモアや形式的な遊びをぞんぶんに続けるいっぽう、三八年のポルトガルに題材をとって、まず、私たちにとって生きるとはなにか、そして死とはなにかという重い問題を提起した『供述によると、ペレイラは……』は、私たちを深く考えさせる。

おわりに、二年まえ著者から送られてきたこの本の翻訳が大幅におくれたことを、著者と読者たちにおわびし、辛抱づよく訳稿を読んでくださった白水社の平田紀之さんにお礼をもうしあげたい。

一九九六年十月

須賀敦子

本書は一九九六年十一月小社より刊行された

白水uブックス　134

供述によるとペレイラは……

訳　者 © 須賀敦子《すがあつこ》
発行者　川村雅之
発行所　株式会社 白水社
東京都千代田区神田小川町 3-24
振替 00190-5-33228　〒101-0052
電話 (03) 3291-7811（営業部）
(03) 3291-7821（編集部）
http://www.hakusuisha.co.jp
乱丁・落丁本は送料小社負担にて
お取り替えいたします。

2000 年 8 月 10 日第 1 刷発行
2003 年 6 月 20 日第 3 刷発行

本文印刷　理　想　社
表紙印刷　三陽クリエイティヴ
製　　本　加瀬製本
Printed in Japan

ISBN 4-560-07134-9